Ruball an Éin

Ruball an Éin

Antain Mac Lochlainn

Cló Iar-Chonnachta
Indreabhán
Conamara

An Chéad Chló 2005

ISBN 1 902420 99 3

Dearadh clúdaigh: Clifford Hayes
Dearadh: Foireann CIC

Tugann Bord na Leabhar Gaeilge
tacaíocht airgid do Chló Iar-Chonnachta

Faigheann Cló Iar-Chonnachta cabhair airgid
ón gComhairle Ealaíon

Clóchur: Cló Iar-Chonnachta, Indreabhán, Conamara
Teil: 091-593307 **Facs:** 091-593362 **r-phost:** cic@iol.ie
Priontáil: Clódóirí Lurgan, Indreabhán, Conamara
Teil: 091-593251/593157

Do Rí-éigeas na nGael

An Scéal go dtí seo

1941. Iriseoir leis *An Tamhach Táisc*, nuachtán de chuid Bhaile Átha Cliath, atá i **Mánas Mac Giolla Bhríde**. Shíl sé tráth go mbeadh sé ina fhile, nó go ndéanfadh sé gaisce inteacht lena linn ach, in aois a dhá fhichead dó, níl sé ach ag fuaidreamh sa saol, gan bhean gan chlann gan áras cónaithe. Castar dó **Anna Ní Mhaoil Eoin**, bean a mbíodh sé ina cuideachta agus é ina fhear óg. Phós sise ar **Chathal Mac Eachmharcaigh**, ealaíontóir iomráiteach. Castar an triúr ar a chéile ag Feis Bhéal Átha Luain, áit a dtugann Cathal óráid pholaitiúil uaidh ar son Laochra na Saoirse, páirtí radacach a bhfuil **Liam Ó Ceannfhaolaidh** i gceannas air. Tá iontas ar Mhánas a leithéid d'ealaíontóir neamhspleách a bheith ag taobhú le gluaiseacht pholaitiúil agus foilsítear dó ar ball gur in éadan a thola atá Mac Eachmharcaigh bainteach leis an ghluaiseacht. Is leasdeartháireacha iad Cathal agus Liam, ach is fearr a d'éirigh le Liam i dtaca le maoin an tsaoil de, go fiú go bhfuair sé seilbh ar Dhún Rí, an teach a bhí ag Cathal. Cónaíonn an dá lánúin le chéile i nDún Rí, go corrach leataobhach.

Trí ráithe i ndiaidh na Feise, faigheann Cathal Mac Eachmharcaigh bás. Ar cuairt dó i dteach Chathail, tchí Mánas na pioctúireacha deireanacha a rinne sé, lán de phian agus de chrá an duine atá i ngéibheann ag a naimhde. Thig sé ar chín lae Chathail fosta, ina nochtar cuid de chleasa Laochra na Saoirse. Scaoil siad duine dena gceannairí féin, **Éamann Mac Giolla an Átha**, le linn máirseála ar shráideanna na hardchathrach, ag dúil le polaitíocht na tíre a shuaitheadh agus dáimh an phobail a bheith leo.

Tuigeann Mánas go gcaithfidh sé beart díoltais a dhéanamh ar son Chathail Mhic Eachmharcaigh, agus méadaíonn ar a rún éirice nuair a insíonn Anna Ní Mhaoil Eoin dó go bhfuiltear le cara dena cuid a fheallmharú .i. **Eighneachán Mac Lochlainn**, iarbhall de chuid Laochra na Saoirse, atá anois ina Aire Airgeadais. Tá sé beartaithe ag an Lochlannach buille marfach a bhualadh in éadan na Laochra agus reacht a dhéanamh a ligfeadh don Rialtas taiscí agus sócmhainní aon dreama atá námhadach don Stát a choigistiú. Is cosúil nach bhfuil aon imeacht ar an doirteadh fola agus ar an cheannairc atá ag bagairt ar Éirinn arís.

Agus an chorraíl pholaitiúil ag gabháil i ngéire, cuireann beirt de lucht liteartha na cathrach iad féin in aithne do Mhánas .i. **Ruairí Ó Canainn** agus **Aoife Ní Raghailligh**. Is mian leo go rachadh Mánas a chumadh filíochta arís agus tugann siad cuireadh dó theacht chuig ócáidí liteartha. Reáchtáiltear ceann de na hócáidí seo i nDún Rí, atá anois fá Liam Ó Ceannfhaolaidh agus a bhean. **An tÁibhirseoir** an leasainm atá ar bhean Uí Cheannfhaolaidh, agus tá sí féin sáite in obair na Laochra. Cuireann an chuideachta an ceangal eadar na healaíona agus an pholaitíocht fá chaibidil agus toilíonn Mánas casadh le Liam Ó Ceannfhaolaidh le plé a dhéanamh ar leabhar atá scríofa aige .i. *Náisiúntacht agus Rathúnas na hÉireann*. Is i ndiaidh an cruinniú sin a shocrú a thoisíonn an scéal seo …

Níor thuig mé cad chuige a mbeadh macasamhail Uí Cheannfhaolaidh ag iarraidh mo chomhairlese fá ghnoithe scríbhneoireachta. An giodal a bhí san fhear sin ní ligfeadh sé dó Danté a cheadú, ná Hóiméar, ná Seathrún Céitinn féin dá mbíodh duine ar bith den dáil sin ar an tsaol. Agus ní raibh ionamsa ach fear scríofa tuairiscí ar pháipéar nuaíochta, nó an lá ab fhearr a bhí mé, éigsín cráite ag cur dánta a thriall ar iris bheag scallta nach léifeadh leathdhuisín, dánta a bhain le saobhadh a dtugaimid 'grá' air, de dhíobháil téarma aigneolaíochta níos beaichte.

Ar mo bhealach amach as Dún Rí domh, tháinig an tÁibhirseoir orm agus mhínigh cad chuige a rabhthas díom. "An dtuigeann tú," a dúirt sí i gcogar, "is intleachtóir atá i Liam, agus is doiligh dó a chuid smaointe a chur in eagar a thuigfeas an slua. 'Is deacra siúl anuas an mhalaidh ná siúl aníos.' Montaigne a dúirt sin, nó rud cosúil leis. Ach tusa, tá lámh mhaith agat ar fhriotal a scríobh atá ... simplí. Tá a fhios agat féin, abairtí gearra, gan focla móra a bheith ann, ná tagairtí don litríocht nó don fhealsúnacht. B'fhéidir go ndéanfá thusa Liam a thionlacan anuas an mhalaidh. Maith an fear."

Agus leis sin, sháigh sí cóip de mhórshaothar Liam isteach i m'ucht agus bhrúigh thar tairseach amach mé, gan a fhios agam go rómhaith cé acu a bhíthear do mo mholadh nó do mo dhíspeagadh. A chead aici, an spreasán! Mh'anam gurb é seo an ócáid a bhí de dhíobháil orm le bheith ag tarraingt go minic ar Dhún Rí. Dúirt mé liom féin gurb iomaí cruinniú eagarthóireachta a bheadh againn fá fhraitheacha an tí seo.

An sionnach, cé ar uairibh
cuireann cluain ar a bhfeiceann,
i gcead dó féin is dá chríonnacht,
minic a dhíoltar a chraiceann.

Las mé toitín agus thug m'aghaidh ar an teach lóistín. Bhí oíche fhada léitheoireachta romham.

Bhí leabhar Uí Cheannfhaolaidh léanmhar amach, lán de chaint gan dath a bhí in ainm is Clann Tomáis a bhrostú chun comhraic. Agus mé ag léamh, ní fhéadfainn gan iontas a dhéanamh de cé chomh saonta a bíos daoine áirithe, siúd is go mbíonn ainm an léinn orthu. I dtaca le Liam de, bhí na leabharthaí móra uilig léite aige, chan ionann agus iad a thuigbheáil. Bhí an leabhar breac le sleachta as Freud, as Proudhon, as Marx agus as saothar fiche údar eile ar foilsíodh garbhaistriúchán Béarla orthu. Go fiú gur dhí-adhlaic sé an Piarsach agus an Conghaileach bocht le fianaise bhacach a thabhairt ar a shon. Chreid sé i rudaí, nó mhaígh sé gur chreid, a bhí ní ba phisreogaí ná an

Mhaighdean Mhara marcaíocht a fháil i gCóiste Bodhar ag triall ar bhainis duine de na Trí Fathaigh. Má b'fhíor do Liam, ba ghairid dúinn an lá 'a aithneoidh an t-oibrí Protastúnach sna Sé Chontae a leas féin. Tabharfaidh sé cúl a láimhe feasta do gach cinseal agus fuath creidimh agus déanfaidh sé a chumann a shnaidhmeadh leis an chosmhuintir Ghaelach ar Bhóthar na bhFál, i nDoire agus, is ea, i mBaile Átha Cliath.'

Agus bhí feirmeoirí móra chlár na Mí ag gabháil a cheangal a bpáirte le lucht na gcupla acra ar bhordaí na farraige thiar. Bhí an ceardaí bródúil le siúl céim ar chéim le lucht glanta sráideanna, iad uilig ag máirseáil go caithréimeach go Tír Tairngire na comharsheilbhe. Agus, ó tharla gur in Éirinn a bhí an mórshaothar seo le cur i gcló, b'éigean culaith bhán chóineartaithe a chur thart ar an Chumannachas leathbhruite ann. A leithéid seo:

Ádhamh, ós é ár n-athair,
Agus ós í ár máthair Éabha;
Nach bhfuil cách a dtáinig uathu
Lán chomh huasal lena chéile?

Bhí, i bParthas eile, roimh thurnamh an duine. Bhí a raibh sa leabhar ina chuid grinn domh i dtús na léitheoireachta, ach is doiligh foighneamh i bhfad le prós chomh cnapánach. Agus chan eagarthóireacht a bhí le déanamh air, ach athscríobh. Dar liom gur fearr a d'éireodh liom an droch-chuid seo a shlogadh dá mbeadh snáthadh dí agam leis. Siúd amach as an teach lóistín mé agus, gan an smaointiú is lú a dhéanamh air, thug mé m'aghaidh ar Theach Uí Chinnéide. Is maith a bhí a fhios agam go gcasfaí cuideachta orm ann agus nach mbeadh faill agam an leabhar a léamh, ach mheallac mé liom in ainneoin na n-ainneoin. Do bharúil, cad é a déarfadh Freud fá sin?

Bhí sé romham ag an bheár – Ruairí Ó Canainn, deoch shiúcrúil inteacht aige féin agus gloine den uisce beatha aige le tabhairt domhsa, ionann is go raibh a fhios aige mé a bheith ag teacht. Siúd is go raibh dúil agam sa duine, ní fhéadfainn gan doicheall roimhe beagán, agus níor bhac mé lena cheilt.

"Tú féin atá ann arís. Níl a fhios agam an gcaitheann lánúin phósta oiread ama i gcuideachta a chéile is a chaitheann muidne ar na saolta seo."

Má chuir sin mosán ar bith air, níor lig sé dadaidh air. Sméid sé anonn ar bhocsa fholamh ag ceann an bheáir agus siúd isteach an bheirt againn. Shuigh muid, agus tháinig dreach ní ba sollúnta ar ghnúis Uí Chanainn. Samhlaíodh domh gurb é seo bocsa na faoiside agus go raibh an fear eile ag gabháil a chur a chuid trompheacaí uilig i mo láthair. Bhí mé ag fanacht is ag fanacht go gcuirfeadh sé ceann ar a fhaoiside. Labhair sé fá dheireadh, "Bhí tú ar cuairt ag Anna Ní Mhaoil Eoin."

"Bhí, mar is eol duit. Ar lean tú go dtí an teach mé?"

"Char lean," a dúirt sé, agus rinne gáire nach raibh a fhonn air. "Bíonn sí ag caint ort go minic, tá a fhios agat. Tá muinín millteanach aici ionatsa. Creidim, má tá a ciall cheart aici i gcónaí, gur mar gheall ortsa atá sé. Níl le déanamh ach d'ainm a lua agus thig aoibh uirthi."

Cad é an plámás seo aige? Ag caint mar a bheadh sé ag déanamh cleamhnais eadar sheanbhuachaill agus seanchailín.

"De réir scéalta, chan mise an t-aon fhear a bíos ag cur aoibh' uirthi le tamall," a dúirt mé, i nglór ní ba seirbhe ná mar ba mhian liom.

"Cé atá i gceist agat? Ó, an Lochlannach! Arú, níl a dhath ansin. Bíonn na céadta duine ag triall ar Anna, nó bhíodh. Aos dána, polaiteoirí, lucht gnó fiú amháin. Nach bhfuil aithne aici ar leath bhunadh na cathrach seo, ó thaispeántais, ó léachtaí agus ó ócáidí den tseort sin. Ar scor ar bith, fear pósta atá i Mac Lochlainn agus, ná déan dearmad, níl sé i bhfad ó shin ó maraíodh Cathal."

Marú! Chuir sé crith ar mo chraiceann, an focal fuar sin. 'Marú' a dúirt sé, mar a bheadh sé ag ordú gloine uisce. Cé gur náir liom a aidmheáil, ní trua do Chathal ná buairt fá Anna is túisce a bhuail mé, ach míshásamh liom féin. Tuairisceoir nuaíochta atá chomh dall le bonn do bhróige. Fear gan iomas gan tabhairt fá dear, a chuir a mhuinín i seanchaint na gcolún báis. 'Síochánta, sa bhaile.' Ach bhí lionn dubh air, mar Chathal. Bhí sin. Ach a Mhánais, a bhreallláin, go dtuga Dia ciall duit! An é go bhfaigheann daoine bás den lionn dubh?

"An é nach raibh a fhios agat? Ó, a Dhia, tá mé buartha. Níor fhéad mé an scéal a scaoileadh chomh ... chomh réidh sin. Shíl mé gur inis Anna deireadh duit, ach b'fhéidir nach gcreideann sí féin é. Tá sé chomh gránna sin is gur doiligh a chreidbheáil. Ach is é smior na fírinne atá ann. Níl a fhios againn cén dóigh a dearnadh é, ach níl amhras ar bith ach gur marú a bhí ann. Cibé fabhta a bhí in aigne Chathail, bhí sé chomh daingean ina cholainn is a bhí sé ariamh. An dtuigeann tú, bhí barraíocht den cheann scaoilte ag baint leis agus bhí tréan rudaí ar a eolas ba mhaith le Liam a choinneáil aige féin. Bhí sé báite i bhfiacha, ar ndóigh, agus b'in mar a shíl Liam smacht a choinneáil air. Ach ba doiligh Cathal a choinneáil ar téad, dá mba téad síoda féin é. Cá bhfios nach dtiocfadh taghd air agus go n-inseodh sé deireadh do Gharda inteacht nach bhfuil ceannaithe ag na Laochra? Nó do do leithéidse d'fhear nuaíochta. Leis an fhírinne a dhéanamh, is i ndiaidh daoibhse casadh ar a chéile ag Feis Bhéal Átha Luain a shocraigh Liam agus a dhream go gcaithfí Cathal a chur ina thost. Níor mhaith leo é a bheith i gcuideachta lucht nuaíochta, ná i gcuideachta ar bith nach raibh lena mian."

"Agus téann tú chun tí chuig Liam ina dhiaidh sin? Agus is ann a chaitheann Aoife Ní Raghailligh a cuid laetha? Ólann tú tae leo agus cuireann tú an tráthnóna isteach le pléiseam 'liteartha'. Ar cuairt ag na Gardaí ba chóir duit a bheith."

Bhí mé ag cur tharam chomh tréan sin is gur chuir Ó Canainn a mhéar lena liobracha, ag comharthú domh a bheith suaimhneach.

"Go réidh anois, a Mhánais. Cén mhaith a dhéanfadh sin? Do bharúil nach bhfuil cos istigh ag na Laochra sna Gardaí féin? Ní bhfaighinn a fhad le doras an stáisiúin sula mbeadh tuairisc ag Liam. Agus ní mise amháin a mbeadh a cheann i mbaol ansin, nó bheadh a fhios acu go cinnte go raibh mé féin agus Anna ag caint le chéile."

B'fhíor dó. D'fhan mé i mo thost.

"Agus bí cinnte go raibh seift inteacht acu le Cathal a mharú, seift nach dtiocfadh chun solais dá mbeifí lena chorp a bhaint as an talamh agus dochtúirí an domhain mhóir a chur a dh'obair air. Agus cad é a d'inseoinn do na Gardaí? Go bhfuair mé gaoth an fhocail go rabhthas leis an Aire Airgeadais a mharú. Nach ndeir leath na tíre sin achan uair a chuireann sé leithphingin le praghas an phionta? Is ag magadh orm a rachadh siad, a Mhánais, dá gcuirfinn fianaise mar sin ina láthair."

"Agus cá bhfios duitse go bhfuil siad leis an Lochlannach a chniogadh?"

Lig sé osna agus shuigh siar.

"A Mhánais, tá drochamhras ort fúmsa. Níl mé ina dhiaidh sin ort. Is doiligh muinín a chur in aon fhear beo ar na saolta seo. Ach níl coir ar bith déanta agamsa is troime ná a bheith bogchroíoch saonta."

D'oscail doras an bhocsa agus sháigh duine a chloigeann isteach. I modarsholas an tí leanna, ní fhéadfainn a dhéanamh amach cé a bhí ann, ach ba léir domh an scaoll i súile Uí Chanainn. An é gur shíl sé gur fear ar leathshúil a bhí ann, agus an é sin an fáth a ndeachaigh sé a chuartú i bpóca a chóta. Cad é a bhí sé a chuartú? Scian? Piostal? Airgead a tharraing sé amach ar deireadh, nó ní Fear na Leathshúile ná an Fear Dubh féin a bhí ann, ach buachaill an bheáir ag iarraidh orainn cor eile deochanna a ordú. D'iarr Ruairí air *bourbon* eile a thabhairt domhsa, rud a chuir níos mó míshásaimh orm ná a bhí réasúnta. Cén mhaith dúinn a bheith ag caint ar athbheochan na Gaeilge nuair is náir linn Béarla na hÉireann féin, agus muid ag aithris ar achan ghnúsacht a ghluaiseann chugainn ón Oileán Úr? Ach lig mé tharam go fóill é, nó cá bhfios nach ar na bádaí a d'fhoghlaim Ruairí é. D'imigh giolla na ndeochanna, agus thoisigh an t-agallamh an athuair.

"Chuir mé iomlán mo dhóchais sna Laochra i ndiaidh domh pilleadh ar Éirinn. Na rudaí a chonaic mé sa chogadh, a Mhánais, chuirfeadh siad an duine is dúire a mheabhrú fá bhrí an tsaoil. Rudaí a bhí iontu nár ordaigh Dia agus, tá mé ag déanamh, nach n-ordódh an Fear Eile ach an oiread. Agus an t-eagar lofa atá in Arm na Breataine – íochtaráin agus uachtaráin. Bunadh na slumaí is dearóile san Eoraip ag marú a chéile, agus na bodaigh slán sábháilte i bhfad taobh thiar den líne chatha. Ba mhian liom a chreidbheáil go raibh brí inteacht in íobairt na saighdiúirí. Dar liom nach dtiocfadh go bhfanódh an saol mar a bhí sé, gur tráth bás nó biseach é. Ach seo náisiúin mhóra an domhain in adharca a chéile arís, agus na milliúin duine á gcur de dhroim an tsaoil in ainm na sibhialtachta! An teagasc atá á chraobhscaoileadh ag Liam Ó Ceannfhaolaidh, an Sóisialachas Críostaí, nó an Bráithreachas Domhanda nó cibé ainm a bheadh agat air, b'fhéidir go síleann tusa gur teagasc leanbaí atá ann, ach tá mise ag inse duit, ní bheifeá leath chomh magúil dá bhfeicfeá cuid de na rudaí a chonaic mise. Ach, i dtaca leis na Laochra de, tá a ngníomh agus a dteagasc seacht míle ó chéile. Caithfear iad a stopadh, agus an fhírinne a fhoilsiú ar dhóigh inteacht."

"Ach tá tú i ndiaidh a rá nach bhfuil go leor fianaise againn le gabháil chun dlí."

"Agus níl. Níl againn ach iomrá ar bhagairtí, drochamhras agus ráflaí. Ní fhéadfaí sin a chur i láthair cúirte, ach d'fhéadfaí a chur i láthair an phobail."

"Ar pháipéar nuaíochta, cuir i gcás."

"Díreach é. Ní hionann an fhianaise a shásódh breitheamh agus a shásódh eagarthóir. Abair gur mharaigh siad Cathal Mac Eachmharcaigh agus beidh acu féin le cruthú nár mharaigh. Abair go bhfuil sé beartaithe acu Mac Lochlainn a fheallmharú agus ní ligfeadh an eagla d'aon duine cur i gcoinne na reachtaíochta atá le tabhairt isteach aige. Agus cén dóigh a ndéanfaidh siad cás cúirte a throid i ndiaidh don Lochlannach a bpócaí a shlad?"

Bhí ciall leis seo. Dá scríobhfaí an scéal mar is ceart, gan ainmneacha a lua ach nod a thabhairt don eolach, is millteanach an gháir a thógfadh sé. Agus dá bhfaigheadh Mac Giolla an Átha amach gurb iad a mhuintir féin a chuir piléar ann, bí cinnte go dtréigfeadh sé na Laochra, agus a lucht leanúna leis. Bheadh deireadh leo, agus ba mhaith an airí orthu é. Ina dhiaidh sin is uile, bhí drogall orm scéal a millte a chur i gceann a chéile. Chuir mé m'intleacht a chumadh cúiseanna loighciúla leis sin ach bhí mo chroí ag inse domh gur eagla a bhí orm, eagla mo bháis. Bheadh achan fhear d'fhuíoll na Laochra ag iarraidh díoltas a bhaint amach ar fhear a dtreascartha, agus cibé earraí a bhí gann in Éirinn, ní raibh gunnaí orthu ariamh. Á! Ní raibh sé chomh suarach is a mheas mé, mo shaolsa. Shearg crann na beatha orm, ach níor mhian liom go stoithfí ar fad é.

"Anois, tá m'eagarthóir-se dearg in éadan na Laochra. Leis an cheart a thabhairt dó, bhí sé riamh tomhaiste ina dhearcadh fá pháirtithe Theach Laighean. Is beag air achan uile dhream acu. B'fhéidir go bhfoilseodh sé an t-alt a mhillfeadh na Laochra, ach bheadh tuilleadh fianaise de dhíth. Aon duine nár oibir sna páipéir, ní thuigeann sé an chritheagla a thig ar eagarthóirí nuair a chluin siad na focla 'cás clúmhillte'."

"Tuilleadh fianaise, ab é?" a dúirt Ó Canainn agus bhain clúdach litreach amach as póca a bhrollaigh. "A leithéid seo?" Shín sé chugam anall é agus aoibh air mar a bíos ar chearrbhach a bhfuil lámh ríchártaí aige. D'fhoscail mé an clúdach agus bhain amach dornán leathanach a raibh scríobh orthu a chuir an Ghréigis i gcuimhne domh. Bhí colúin d'uimhreacha agus de dhátaí ann agus ní dheachaigh agam ciall ar bith a dhéanamh de. D'amharc mé ar Ó Canainn, agus níor fhan seisean liom an cheist a chur.

"Íocaíochtaí do na Laochra atá ann, a chuirtear isteach i gcuntas bainc nach bhfuil a fhios ag mórán daoine é a bheith ann. Ach tá a fhios agamsa, agus tá a fhios agam cé hé an pátrún – ardoifig Pháirtí Cumannach an Aontais Shóivéadaigh i gcathair Mhoscó."

Níor lig mé a dhath orm. Ó thús an chomhrá seo,

bhí mé ag rá liom féin, "Maith go leor, a ghasúir, níl poll ar bith a dhéanfas tú nach gcuirfidh mise tairne ann." Duine mé nár léir dó ariamh an difear eadar chomhrá agus comhrac.

Ach bhí cárta eile le himirt ag Ó Canainn go fóill. "Tá litir ann, a Mhánais, ar chúl na bpáipéar uilig. Amharc uirthi."

D'amharc.

Ní raibh de Ghaeilge ann ach 'Laochra na Seirise' agus tagairt do phearsa darb ainm 'Liam Ó Carnfhaolaidh'. Rinne mé gáire beag leamh. Is deas mar a d'fhóirfeadh fear scríofa na litreach seo do státseirbhís na hÉireann. Ach diomaite de sin, níor thuig mé aon chuid di.

"I Moscó a scríobhadh an litir, ag geallstan tacaíochta dona gcomrádaithe in Éirinn agus ag moladh dóibh 'an ceangal bráithreachais' a cheilt go mbeidh siad láidir go leor le dúshlán an stáit agus na heaglaise a thabhairt. Níl Teachta Dála ná Comhairleoir Contae sa tír nach mbeidh i bhfách leis na Laochra a chur fá chois i ndiaidh go bhfoilsítear an litir sin."

"Airgead Rúiseach, arís," a dúirt mé, ar nós na réidhe. "Chuirfeadh sé i gcuimhne duit an cleas a d'imir uaisle na Sasana ar an lucht oibre sa tír sin, nuair a d'fhoilsigh siad litir charadais ó Comrade Zinoviev tamall roimh an Toghadh Mór. Agus féach gur bréag a bhí ansin. Déarfaidh Liam gur uisce fá thalamh atá sna cáipéisí seo fosta agus bhéarfaidh sé seanmóir fán tSóisialachas Críostaí Daonlathach a bheidh chomh státseirbhísiúil sin is nach gcreidfeadh aon duine go dtiocfadh leis a bheith ina réabhlóidí. An dtuigeann tú, níl cleachtadh ag muintir na hÉireann ar mhadadh allta a bheith gléasta i gcraiceann caorach. An bealach eile thart is gnách linne. Agus, cibé ar bith, cad é mar a tharla na cáipéisí seo a bheith i do sheilbh?"

"Is leor a rá nach mise an t-aon duine a fuair léirstean ar nádúr fíor na Laochra. Ó, bhí muid sásta corr-rud a dhéanamh a bhí i gcoinne ár gcoinsiasa, cruinnithe ceardchumainn a phlódú lenár muintir féin, nó gabháil a dh'iarraidh vótaí i ndáilcheantar na reilige. Fiú amháin, mhothaigh mé go bhfuil buíon robála ann, fá stiúir Chonaill Uí Chearnaigh."

"Fear na Leathshúile?"

"Is é, mar is fearr aithne air. Shíl muid gur rudaí a bhí iontu ab éigean a dhéanamh toisc ár naimhde a bheith chomh tréan is atá. Shíl muid uilig go stadfaí dóibh nuair a bheadh slua ar ár gcúl. Ach ní thig de thoradh na comhcheilge ach cealgadh coiteann, ionas nach léir do lucht na cúise an dubh thar an gheal. Agus sin mar atá na Laochra, a Mhánais: bréagach, mínáireach, truaillithe. Tá siad chomh sáite sin ina gcúis uasal féin is go síleann siad an bás a bheith tuillte ag aon duine nach bhfuil leo. Chuirfeadh siad leath Chlanna Gael le balla agus ordú don leath eile scaoileadh orthu, le tréan idéalachais. Agus caithfidh tusa, a Mhánais, caithfidh tú cuidiú linn iad a scrios. Cuimhnigh ar Chathal Mac Eachmharcaigh atá marbh acu. Cuimhnigh ar Anna Ní Mhaoil Eoin atá i gcontúirt. Agus cuimhnigh ar a bhfuil i ndán d'iriseoirí fiosracha fá riail na Comharsheilbhe."

Níor fhreagair mé an chaint sin agus creidim nach raibh sé ag iarraidh orm í a fhreagairt in aicearracht. Bhí muid seal ag éisteacht le gleo an lucht óil. Chuala mé focal nó dhó dena gcomhrá. Tuairisc scoile an mhic is sine. An t-inneall gluaisteáin ó mhaith arís. Gnáthchomhrá gnáthdhaoine ag cloí leis na gnáthmhúnlaí. Bó-dhaoine. Chan ionann agus an bheirt againne, a bhí tofa ag an chinniúint. B'fhéidir go mbeadh m'ainm á scríobh in annála na hEorpa sa deireadh thiar thall, ní mar gheall ar shaothar ealaíne ach mar gheall ar ghníomh fearúil. Mánas Mac Giolla Bhríde, tréanlámh na fírinne. Thoisigh mé a chaint agus, ag éisteacht le mo chuid focla féin domh, samhlaíodh domh go raibh gaois is gliceas i mo ghlór. Ba iontach liom é – mise a bheith ag cur comhairle ar dhuine, ag inse dó cad é mar a bhí an cluiche le himirt. Mise an cúlchearrbhach nach bhféadfadh leis an namhaid mo rún a léamh.

"Mar a deirim, b'fhurast do Liam an ceangal Rúiseach a shéanadh, i ndiaidh an scannail fá litir Zinoviev i Sasain. B'fhearr i bhfad tusa cuntas a scríobh ar do sheal sna Laochra. Na cleasa salacha, na buillí feille. Foilseofar sin agus cuirfidh sé poll maith iontu. Tá rud eile agam a thiocfadh liom a chur ar an pháipéar: cín lae a scríobh Cathal Mac Eachmharcaigh, ach b'fhearr liom cead a fháil ó Anna sula nochtar cuid ar bith de sin. Ach coinneoidh muid tine ghealáin leo agus an t-ábhar Rúiseach a fhoilsiú níos faide anonn. Ach níl mórán ama ann. Molaim duit pilleadh ar do sheomra féin agus toiseacht a dh'obair in áit na mbonn. Dá mbeadh dréacht dhá mhíle focal agat go luath maidin amárach, ba mhór an gar. Ní chaithfidh tú d'ainm féin a chur leis, ach bíodh d'ainm ann nó as beidh a fhios ag na Laochra cé a sceith orthu. Chan fiú biorán do bheo-sa an t-am sin. An bhfuil pluais folaigh agat féin nach bhfuil na Laochra eolach uirthi?"

Dúirt sé nach raibh agus mhol mé dó teach mo mhuintire i mBun an Easa a bhaint amach. "Níl cónaí ann ó fuair m'athair bás ach níl bail ró-olc air ina dhiaidh sin. Abair le bunadh an bhaile gur scoláire Gaeilge as Coláiste na Tríonóide thú atá ag scríobh leabhair fá chanúint na háite. Ní chuirfidh siad isteach nó amach ort ansin. Agus tá sé chomh maith agat Anna agus Aoife a bheith leat, ar eagla na heagla. Is é a dhéanfas sibh, carr ar cíos a fháil agus éalú am inteacht nuair nach bhfuil na Laochra do bhur gcoimhéad. Fanóidh mise i mBaile Átha Cliath ag cur an scéil i gceann a chéile agus rachaidh mé féin go Bun an Easa nuair a bheas cúrsaí níos suaimhní."

D'éirigh Ó Canainn ina sheasamh agus rug greim láimhe orm.

"A Mhánais Mhic Giolla Bhríde, is tú corp an duine uasail! Dá mbeadh a fhios agat an faoiseamh atá faighte agam anocht. Bhí mé rófhada i ngalar na gcás. Ní túisce a bhíodh m'intinn socair ar rud amháin ná go mbínn cloíte ag an amhras arís agus chaithinn amach as mo cheann é. Go maire tú, a Mhánais, nó bhí ganntanas fear gníomh orainn ariamh. Ach is mithid domhsa a bheith ag imeacht. Slán agat, a Mhánais, agus go raibh céad maith agat."

D'imigh sé uaim agus tháinig smaointiú scáfar i mo

cheann a chuir eadar shásamh agus uaigneas orm: tá daoine ar an bhaile seo arb aoibhinn leo ár mbás. Agus an fear a d'imigh, cá bhfios an mbeidh sé beo fá cheann seachtaine? Agus mise? Chuir sé crith cos is lámh orm agus bhí a fhios agam nach gcodlóinn néal gan an chuid is fearr de bhuidéal uisce beatha a fholmhú. Sheas mé ag an bheár agus thoisigh a ghlaoch na ngloiní go mear i ndiaidh a chéile.

"A Dhia inniu," arsa buachaill an bheáir, agus an ceathrú gloine á líonadh aige, "Cad é an t-ábhar ceiliúrtha atá agatsa anocht?"

"An t-ábhar ceiliúrtha a bhí ag Lazaras, a stócaigh. Pilleadh ón bhás. A bheith beo arís."

Agus d'ól mé mo shláinte féin ansin, le rann a múineadh domh i dtús m'óige:

> Nár mharbha mé duine agus nár mharbha duine mé
> Ach má thig duine 'mo mharbhadh, go marbha mé é.

9.15 a.m. Dé Céadaoine

Bhí seomraí ar cíos ag *An Scifleog* ar Chearnóg Mhuirfean, ag barr an tí ar fad. Ag Dia atá a fhios cé a bhí ag seasamh an chíosa, nó ní rabhthas ag gnóthú saibhreas mór ar bith ar chóipeanna den iris a dhíol. Is ar éigean a bhí slí chun siúil san áit, eadar chairn anásta de sheaneagráin a bhí fágtha gan díol. Bhí fuinneog ann nach bhfosclaíonn, guthán nach mbuaileann agus clóscríobhán ón Díle a raibh na litreacha 's' agus 'o' de dhíth air. Is dona an gléas scríofa nach mbreacfadh SOS féin duit. Le solas modartha an tseomra agus an clúdach dusta a bhí ar gach ball troscáin ann, ní chuirfeadh sé a dhath i gcuimhne duit ach cúinne de liombó a ndéanfaí dearmad de. Ach fad is a bhain sé le Liam Ó Ceannfhaolaidh, ba é ceanncheathrú *Le Monde* nó *The New York Times* a bhí ann. Bhain sé an oifig amach ceathrú uair an chloig roimh an am a bhí socraithe againn agus b'in é ina shuí romham, ar a ríchathaoir chaite agus aoibh bhómánta air. An gasúr is fearr sa rang ag dúil lena aiste a fháil ar ais. Chan é an gasúr ba chliste, an dtuigeann tú, ach an té ba díograisí. Faobhar ar a pheann luaidhe, murab ionann agus ar a smaointe.

"Bhuel, arbh éigean duit an peann dearg a oibriú air mórán?"

Agus go nglacfá slat draíochta a oibriú air le prós inléite féin a dhéanamh de!

"Tá ... Is mian liom labhairt leat fá chuid de na ... bhuel, na ciútaí stíle atá agat. Tá súileas agam nach bhfuil tú róghoilliúnach ar fad fá seo. An dtuigeann tú, is gnách le lucht na bpáipéar nuaíochta a bheith géar go maith fá ghnoithe scríbhneoireachta."

"Ó, nach sin a bhí de dhíth orm! Ná bí ag déanamh go gcaithfidh tú gabháil ar chúl scéithe leis, a Mhánais. Caithfidh fear stáit an cáineadh is géire ar bith a ghlacadh ina mhórmhisneach."

"Is maith sin. Bhuel, i dtús báire, tá tú róthugtha de rud ar bhaist mé 'an abairt chomhionannach' air."

"An abairt chomh ... ?"

"Nó 'an argóint thimthriallach' más fearr leat. A leithéid seo: 'Is iad muintir na hÉireann foinse an tsaibhris uilig atá sa tír. Is iad muintir na hÉireann atá i dteideal an tsaibhris uilig atá sa tír.'"

"Ní léir domh locht ar bith air sin. Tá sé gonta, tá sé soiléir, tá sé ... "

"Tá sé in achan uile alt ar achan uile leathanach den leabhar. Agus i gcead duit, b'fhurast do léirmheastóirí gabháil a mhagadh air. Cuir i gcás: 'Is iad muir agus talamh na hÉireann foinse an tsaibhris uilig atá sa tír. Is iad muir agus talamh na hÉireann atá i dteideal an tsaibhris uilig atá sa tír.'"

"Is ea, is ea. Bhuel, admhaím gur cheart a bheith spárálach leis, mar chleas reitrice. Ach tá abairtí ansin a mbeadh údar ar bith bródúil astu. Seoda, ní miste domh a rá. Mar shampla: 'Is í an Ghaeilge athghabháil na hÉireann, agus is í athghabháil na hÉireann slánú na Gaeilge.'"

"Fanadh sé ann, mar sin, ach ní maise ar leabhar ar bith a leithéid de ghliogar a bheith ann." Bhí goimh orm leis an duine agus ní go rómhaith a bhí ag éirí liom é a cheilt. Bhí tinneas póite orm nach ligfeadh domh éirí den leabaidh ach go bé an cruinniú seo, agus bhí aer marbh na hoifige ag cur samhnais orm. Bhí mar a bheadh sruth nimhe ag coipeadh i mo chuisle, do mo lagú go mór. An féidir gur ... Ach chaith mé an smaointiú as mo cheann. Ní raibh lá amhrais ag Liam orm, ach é ag meidhligh leis fá fheirmeacha comharsheilbhe agus fá róthionchar Mheiriceá ar Chonradh na Náisiún sa tréimhse roimh an Chogadh. Ní fhéadfainn gan iontas a bheith orm go raibh oiread spriollaidh san fhear seo is go dtiocfadh leis fuil a dhoirteadh. Cinnte, ní cló deamhanta a bíos ar an Diabhal i gcónaí, ach is beag a shíl mé go bhféadfadh sé a bheith chomh leamh.

Chuaigh mé a smaointiú ar an tuairisc a bhí le scríobh agam ar imeachtaí na Laochra agus ar shean-nath a deirtear fá nósanna léitheoireachta an ghnáthdhuine, is é sin gur ar na pioctúireacha a amharcann siad, chan ionann is na focla a léamh. Cibé fá sin, bhí pioctúir maith de dhíth orm le cur leis an alt, pioctúir a d'fhoilseodh mírún lucht leanúna Uí Cheannfhaolaidh agus a scanródh an t-anam as léitheoirí *An Tamhach Táisc*. An féidir go raibh pioctúir ar bith ann den ionsaí ar Mhac Giolla an Átha? B'fhiú domh gabháil a chuartú i gcartlann an nuachtáin. Nó b'fhéidir go dtiocfadh le lucht an pháipéir cupla pioctúir a mheascadh ina chéile – suaitheantas na Laochra agus Casúr is Corrán taobh thiar dó. Sin nó pioctúir den Stailíneach agus Liam ina aice. Ha! Chuir sin fonn gáire orm féin. Bhí Liam ag cur thairis fá ghnoithe cogaidh ar feadh an ama. Ansin, mar is dual d'oibreacha na haigne, tháinig seift chugam an t-am ba lú a raibh mé ag súil leis. Pioctúireacha deireanacha Chathail Mhic Eacmharcaigh, a chuir a oiread sin anbhuaine orm an lá úd i nDún Rí.

"A Liam, a chara. Ní ag briseadh do scéil atá mé, ach tá cupla coinne eile agam inniu agus níor mhiste domh a bheith ag imeacht. Ach tá gar agam le hiarraidh ort sula n-imím."

"Cad é seo?" a d'fhiafraigh sé, agus iarracht míshásaimh air nár mhair mé ag éisteacht lena sheanmóir.

"Na grianghraif atá againn sa *Tamhach Táisc*, níl

mé ar bhealach ar bith sásta leo. Tú féin, cuir i gcás, níl pioctúir fóinteach againn díotsa."

"Ó, nach bhfuil a fhios agam! An pioctúir céanna a bíos agaibh i gcónaí. Mise ag caint le scaifte oibríonnaí, mo shúile ata agus mo lámha á gcroitheadh achan bhealach. Cuma fear mire orm."

"Díreach é. Anois, má fhóireann sé duit, dhéanfaidh muid coinne le go dtiocfaidh fear ceamara agus pioctiúr mar is ceart a dhéanamh díot, portráid mar a déarfá."

Á, cá bhfuil an tseift is éifeachtaí ná an plámás?

"Cinnte, ba bhreá liom é. Inniu, abair, ar a dó a chlog. Ach cén áit?"

"I do theach féin, ar ndóigh. Glacfaidh sé pioctiúr nó beirt díot féin i d'aonar agus cupla ceann den bheirt agaibh, tú féin agus do bhean. Geallaim duit, beidh cuma fear stáit ort in áit cuma fear mire."

Agus d'fhág muid slán ag a chéile ansin. Mo bheannacht leisean: "Slán go fóill, mar sin." A bheannacht liomsa: "Slán, agus mo mhíle buíochas, *Comrade* Mac Giolla Bhríde."

10.30 a.m.

Ar ndóigh, ní bréag ar bith a d'inis mé do Liam. Is é rud go raibh coinne eile agam, ach nach bhfóirfeadh sé a inse dó cé leis. Amach liom de shiúl na gcos go Crois Araild, áit a raibh seomraí ar cíos ag Ruairí Ó Canainn. Bhí ábhar agam a bheith dóchasach agus mheallac mé liom chomh héadromchroíoch le fear óg ag gabháil in araicis a leannáin. Bhí mé san imirt go fóill agus, má deirim féin é, bhí na cártaí á n-imirt go cliste agam. Bhí mé ag toiseacht a smaointiú fán leagan amach a bheadh ar an alt. An cheannlíne: LAOCHRA NA FOLA. An fho-cheannlíne: CALAOIS, ROBÁIL AGUS DÚNMHARÚ – CUNTAS FÍOR AR GHLUAISEACHT UÍ CHEANNFHAOLAIDH. Achoimre ansin ar chuntas Uí Chanainn ar imeachtaí mídhleathacha na Laochra, ceann de na pioctúireacha a rinne Cathal Mac Eacmharcaigh i ndiaidh dó deireadh dúile a bhaint den tsaoirse. Bhí sé tamall maith ó bhí scéal de mo chuid ar an leathanach tosaigh, fá mhana clúiteach an pháipéir, 'An Fhírinne Choíche.' "Bhuel," a dúirt mé liom féin, "an fhírinne corruair."

Bhí súil agam go raibh Ruairí ina scríbhneoir ní b'fhearr ná mac Uí Cheannfhaolaidh. Bheadh orm friotal na bpáipéar nuaíochta a bhualadh anuas ar cibé rud a bhí scríofa aige. Is beag duine a thuigeann ceird an iriseora, ach achan duine ag scabadh focla mar a bheadh úrscéalaí de chuid na Rúise ann. Samhlaigh m'iontas nuair a leag mé súil ar an chéad chuid de chuntas Uí Chanainn. I ndiaidh domh an teach a bhaint amach, chuir sé i mo shuí mé agus shín chugam deich leathanach lámhscríofa. "Tús na Ruairíochta," a dúirt mise go magúil, ach char dhúirt seisean dadaidh. Bhí cuma thuirseach air, cibé acu a d'fhan sé ina shuí go mall ag scríobh nó, mo dhálta féin, gur chaith sé oíche fhada ag machnamh fán rud a bhí le déanamh againn.

Ach a leithéid d'alt! Bhí sé mar a bheadh sé i

ndiaidh theacht ó mo pheann féin. *Journalese* gan locht gan smál liteartha. Achan uile fhocal de mar a bheadh piléar in aghaidh na Laochra. Bhí trácht ann ar 600 vóta a fuair siad i measc vótóirí na reilige i bhfothoghchán Chill Mhantáin, toghchán a bhain siad le farasbarr 400 vóta. Ainmníodh ceardchumannaigh, iriseoirí agus scríbhneoirí a bhí i ndiaidh céim ard a bhaint amach dóibh féin i saol an náisiúin. Níor aidmhigh siad a ndáimh leis na Laochra ariamh ach bhí fianaise ag Ruairí go raibh siad ag réiteach an bhealaigh do pháirtí Uí Cheannfhaolaidh go fáilí formhothaithe. Liostaíodh na bainc a robáil buíon Fhear na Leathshúile agus tugadh dátaí a robála. 'Na Coimisinéirí Ioncaim' an leasainm a bhí ag muintir na Laochra ar an bhuíon robálaithe, rud a chuir fonn gáire orm féin go dtí gur chuimhnigh mé ar sheanbhean a scaoileadh le linn na creiche a rinneadh i mbaile Chairlinn. Cuireadh síos ar an ionsaí lámhaigh ar Mhac Giolla an Átha. Agus tugadh cuntas ar bhás uaigneach Chathail Mhic Eachmharcaigh. Níor luaíodh an focal 'dúnmharú' agus níor ainmníodh Liam. Ach is leor nod.

"Bhuel, an ndéanfaidh sé cúis?" a d'fhiafraigh Ruairí.

"Dhéanfaidh, agus tuilleadh. Tá sé sármhaith. Cha bhíonn agam le cur leis ná baint de ach é a chur i gcló mar atá sé anois. Ach abair liom, cá háit ar fhoghlaim tú an dóigh le tuairisc nuaíochta a scríobh?"

"An gcreidfeá gur ag aithris ortsa a bhí mé?"

"Is doiligh sin a ól gan síothlú."

"Sin agus corralt a scríobhainn féin ar nuachtlitir na

Laochra. Tá cuimhne mhaith agam ar cheann amháin acu. Cad é seo a bhí ann? Ó, is é: 'Tá na fir agus na mná linn atá ag caitheamh a saoil ina seasamh i siopaí fuara ag tabhairt aire do earra na muintire eile ... '"

"' ... Tá siad ag dúil leis an lá a mbeidh earra dóibh féin acu.' Ná bíodh iontas ort. Bíonn orm féin súil a chaitheamh ar na hirisí polaitiúla corruair. Léigh mé an píosa sin agus chuir mé dúil mhór ann. Ní hé go raibh mé ag aontú leis, ach shíl mé gur millteanach an racht bolscaireachta a bhí ann. An dóigh chéanna a mbím ag éisteacht le lucht buailte Bíobla ar Fhaiche Stiabhna."

"Bhuel, tchím gur theip orm tú a chur ar bhealach do leasa, ach is maith liom gur mhol tú an t-alt."

"Agus molaim an t-alt eile seo fosta. Anois, ba mhaith liom tú díriú ar an cheangal Rúiseach sa chéad alt eile, a bheas réidh agat domh tráthnóna. A luaithe is atá sé sin déanta agat, bí ar shiúl as amharc agus raon urchair an namhaid. An bhfuil socruithe taistil déanta agat?"

"Tá. Tá Anna agus Aoife ar a mbealach cheana féin, le seanchara de chuid Aoife a thug marcaíocht dóibh. D'inis sí bréag inteacht do Liam fá choirm cheoil ar mhian léi gabháil chuici. Tá mé cinnte nár leanadh í. Cara liom, duine intrust, a bhéarfas marcaíocht domhsa thart fána ceathair a chlog tráthnóna inniu. Beidh mé i mBun an Easa roimh oíche."

"Is maith sin. Is ar eagrán an lae amárach a fhoilseofar an scéal. Sin an uair a chuirfear an lasair sa bharrach, agus b'fhearr liom sibh a bheith in áit shábháilte."

"Agus tá tú cinnte gur áit shábháilte atá i mBun an Easa?"

"Mise ag rá leat, cúinne den Ghaeltacht atá ann nár bhain an Caipitleachas amach go fóill, gan trácht ar an tSóisialachas."

Rinne muid ár sáith gáire fá sin, agus thug mé treoracha go teach mo mhuintire dó.

"Agus nach mbeidh treoracha de dhíth ar Anna fosta?"

"Ní bheidh. Bhí sí ann go minic roimhe. Tá mé ag dúil nár lig sí an t-am sin i ndíchuimhne ar fad."

In amanna mar seo is furasta do dhuine a chur in iúl dó féin gur ar stáitse atá sé agus ghéill mé beagán do chathú na huaire. Leag mé mo lámh ar a ghualainn agus d'ordaigh dó aire mhaith a thabhairt d'Anna. Gheall sé go dtabharfadh agus d'fhág muid mar sin é. Níl a fhios agam ar bhraith sé lámh eile thairis – lámh na cinniúna.

12.10 p.m.

GO MAITHE DIA MO CHIONTA DOMH!

Cuntas fíor ar ghníomhartha Laochra na Saoirse

Cheangail mé páirt le Laochra na Saoirse dhá bhliain ó shin, nuair nach raibh siad ach i dtús fáis. Mealladh mé le caint ar dhínit an lucht oibre, le gealltanais fá bhráithreachas domhanda agus fán cheart shibhialta. Dar liom gur saighdiúir mé sa chogadh in aghaidh na héagóra. Is beag a shíl mé go mbeinn ag faire ar éagóracha ba mheasa ná rud ar bith a rinne ceannairí na tíre seo ariamh. Cé gur náir liom a aidmheáil, chonaic mé daoine neamhurchóideacha á gcur den saol agus ba é sin a thug orm an cuntas seo a scríobh ...

Eagarthóir *An Tamhach Táisc*, Mac an Phearsúin, a bhí á léamh amach, go méaldrámatúil magúil. Ó am go chéile, leagadh sé a chorrmhéar ar dhroichead a spéaclaí agus bhéaradh amharc amhrasach orm, ionann is a rá, 'Nach mór an croí a fuair tú agus iarraidh orm rud chomh conspóideach leis seo a fhoilsiú.' Bhí gach alt den phíosa ag méadú ar a chrá: scaoileadh Mhic Giolla an Átha; 'Na Coimisinéirí Ioncaim'; agus, ar deireadh, oidhe Chathail Mhic Eachmharcaigh.

Bhí iontas ar go leor daoine an t-ealaíontóir iomráiteach seo a bheith ceangailte le páirtí ar bith. Deirim amach inniu gur ceangal na gcúig gcaol a bhí ann, agus nach dena dheoin féin a bhíodh Mac Eachmharcaigh ag craobhscaoileadh shoiscéal an tsóisialachais. Is furasta theacht i dtír ar fhear nach bhfuil a chosaint féin ann, agus sin mar a d'éirigh do Chathal bocht. Na daoine ar fhéad sé a bheith ábalta muinín a chur iontu, chráigh siad chomh mór sin é agus nárbh acmhainn dó fuireach i nGleann seo na nDeor. A theach féin, rinneadh nead chuaiche dó ...

Stad Mac an Phearsúin, chuir an leathanach síos ar an tábla agus stánaigh orm ar feadh cupla bomaite maith. Cuma chráite air ar nós go raibh mé i ndiaidh a iníon a iarraidh le pósadh agus go raibh aige le mé a dhiúltú.

"A Mhánais, ceist agam ort. Ná glac olc ar bith liom ach freagair an cheist go hionraic mar is dual d'fhear."

"Ní dhéanfainn a mhalairt."

"Tá a fhios agam sin. Tá a fhios agam. Ach tá súileas agam go dtuigfidh tú domhsa. Tá an scéal seo ina scéal millteanach. Má tá sé fíor, cuirfidh sé na Laochra go tóin poill. Más bréag atá ann, is é an nuachtán seo a chuirfear go tóin poill."

"Is maith atá a fhios agam sin agus geallaim duit go bhfuil achan uile fhocal de fíor."

"Cén barántas atá agat leis sin, a Mhánais? An fhírinne anois. Is fada an lá ó foilsíodh scéal ar bith leat arbh fhiú scéal nuaíochta a thabhairt air. Ná bí ina dhiaidh orm, a Mhánais. Is tuairisceoir Feiseanna agus Cúirt Chuarda thú le blianta. Agus is mian leat anois go bhfoilseoinn scéal leat a d'fhéadfadh lorg a fhágáil ar stair na hÉireann."

Níorbh fhiú liom an chaint sin a fhreagairt.

"Éist liom. Ní thig liom féin bun ná barr a dhéanamh de Liam Ó Ceannfhaolaidh. Cluinim scéalta fá na Laochra. Bíonn Gardaí agus polaiteoirí agus eagarthóirí eile ag monabhar fá choiriúlacht agus chalaois agus achan chleas is measa ná a chéile. Tá a fhios agat féin: cá has a bhfuil an t-airgead ag teacht chucu do na hoifigí dáilcheantair, do na póstaeirí snasta agus sin uilig. Ach bheifeá ag súil le caint mar sin nuair atá dream úr ag iarraidh cumhacht a bhaint de na páirtithe móra. Chan fhaca mé fianaise ariamh go bhfuil a dhath as bealach déanta acu. Ó, tá cráifeachas ag baint le Liam a chuireann samhnas orm. Ag geallstan saol na bhfuíoll do gach dream sa tír agus gan a mhíniú dúinn cá háit a bhfuil an pota óir. Is minic a shíl mé gur méanar don tsóisialach Éireannach. Thig leis na fíréin a bheith ag cur tharstu fá bhua an tsóisialachais agus a fhios go maith acu nach mbeidh acu le mairstean fán chóras sin choíche. Ach ní hionann sin is a rá go bhfuil fírinne sa chaint seo fá choiriúlacht. Agus maidir leis an fhear a scríobh an cuntas seo, cá bhfios duitse nach *galoot* de chuid na heite deise atá ann?"

Bhí barúil agam go mbeadh Mac an Phearsúin amhrasach fán scéal, ach bhí díocas a chuid cainte ag cur iontais orm. Duine a bhí ann nár ghnách leis a ainm dílis féin a thabhairt ar rud ar bith a bhí gránna nó garbh. Tuairisceoirí a raibh dath buí orthu leis an méid a d'ól siad, déarfadh sé gur 'tugtha don bhainne' a bhí siad. Bhí sé thar a bheith séimh liom féin uair amháin roimhe nach luafaidh mé anseo agus nach mbaineann le hábhar mo scéil. Is é rud go raibh tromchúis an scéil seo i ndiaidh é a chur dena dhóigh, ionas gur ag labhairt ón chroí a bhí sé, i gcanúint gharbh lucht páipéar nuaíochta.

"An rud ab fhearr ar fad ná go gcasfá féin leis," a dúirt mé fá dheireadh. "Tá mé le bualadh isteach aige tráthnóna agus an dara dréacht a fháil uaidh. Bí liom agus thig leat do chomhrá a dhéanamh leis."

"Ansin féin, a Mhánais, tá níos mó ama de dhíobháil leis an scéal a fhiosrú. Cha dtig a leithéid seo a fhoilsiú gan beagán tochailte a dhéanamh. Agus tá sé chomh maith agam fiafraí duit – agus is cinnte nach mbeidh dúil agat ann – cad é atá le gnóthú agatsa as an *caper* seo ar fad?"

"Le gnóthú! Chan ceist gnóthú ná cailleadh atá ann, ach leas mo thíre a dhéanamh agus, má dheirim féin é, leas an pháipéir seo fosta."

"Agus is cuma leat fá Anna Ní Mhaoil Eoin, ar ndóigh?"

"Cad é atá faoi sin agat? Ag iarraidh í a chosnamh atá mé."

"Agus súil agat go mbeidh sí buíoch dá réir?"

B'in barraíocht. Ní cuimhneach liom cad é a dúirt mé ach tá a fhios agam gur chuir mé racht díom a d'fhág gan focal é. Dúirt mé leis nach raibh ceann ar bith de thréathra an eagarthóra ann, nach raibh croí circe ann agus gur aonchorp eagla roimh dhíoltas na Laochra a bhí á chosc ó fhoilsiú an scéil. Bhain mé cín lae Chathail Mhic Eachmharcaigh amach as póca mo chóta mhóir agus bhuail síos ar an tábla í. "Nuair nach gcreideann tú focal as béal na mbeo, b'fhéidir go ngéillfeá d'fhianaise na marbh."

Bhí an fhearg do mo dhéanamh béal-líofa. Minic go leor roimhe, nuair a bhíodh orm cúis inteacht a agairt, ní thigeadh na focla chugam ach go hachrannach. Ach ba mhillteanach an rabharta cainte a chuir mé díom san oifig an tráthnóna sin agus ba é an deireadh a bhí air nárbh fhéidir le Mac an Phearsúin cur i mo choinne níos mó. Dúirt mé liom féin, is mar seo a chastar taoide na staire, deireadh ag brath ar chumas fear amháin i láthair na cinniúna. Agus an caidreamh eadar mé féin agus

Mac an Phearsúin, iompaíodh bunoscionn é. Mise ag inse dósan cad é mar a bhí an cluiche le himirt. Bhí fear ceamara le theacht liom go Dún Rí ar ball beag. Bhí Mac an Phearsúin féin le casadh liom san oifig ar a trí a chlog an tráthnóna sin, agus theacht liom go seomraí Ruairí Uí Chanainn. Dúirt mé leis beirt nó triúr de lucht leanúna na Laochra a bhí i measc chlódóirí an pháipéir a ghlaoch isteach agus a bhriseadh as a bpost gan chúis gan ábhar. Chuirfeadh siad stailc suas ansin agus bheadh faill againn foireann *blacklegs* a fhostú leis an eagrán cinniúnach a chur amach, gan foláireamh ar bith a thabhairt do na Laochra. Agus dúirt mé leis nach raibh a dhath suarach fán rún a bhí agam bheith i mo churadh cosanta ag Anna Ní Mhaoil Eoin. Chuimhnigh mé ina dhiaidh sin nár labhair seisean na focla sin 'curadh cosanta' ach, dar liom, gurbh fhóirsteanach iad. B'fhéidir go mbeadh feidhm agam leo.

1.55 p.m.

Seo arís mé ag bualadh ar dhoras Dhún Rí. Thug mé fear ceamara liom darbh ainm Ó Drisceoil. Ógánach de bhunadh bhruachbhailte Bhaile Átha Cliath a bhí ann a bhí in ainm is a bheith ina thuairisceoir fosta, ach bhí seort dímheasa aige ar an tochailt a chaithfeas fear nuaíochta a dhéanamh agus ní dhearn sé mórán maith ariamh. Leoga, bhí na tuairisceoirí eile i ndiaidh 'Ó Dísceoil' a bhaisteadh air. Ní dheachaigh drud ar a bhéal ar ár mbealach amach dúinn ach ag caint fá chúrsaí ealaíne. Bhí sé i ndiaidh céim ealaíne a bhaint amach agus bhí ceithre bliana de theagasc ollscoile i ndiaidh a rian a fhágáil air go trom. An rún cráite sin achan rud a rangú de réir aicme, an tuairimíocht athláimhe. Bhí a chomhairleoir léinn i ndiaidh a mhíniú dó nach raibh Cathal Mac Eachmharcaigh 'chomh mór lena cháil'. "An locht is mó a bhí air," a d'inis sé domh de mhonabhar seomra léachta, "ná go dearn sé cupla céad leagan den phioctúir chéanna. Na téamaí céanna, an cur chuige céanna. B'fhéidir go ndéanfadh sé éacht dá mbrisfeadh sé geimhle an traidisiúin agus stíl níos nua-aimseartha a chleachtadh." Chuir sé an chaint sin de d'aon iarracht amháin agus, dar liom, nach dtiocfadh focal scoir ní b'fhearr a chur air ná 'Pléigh', mar a bíos sna haistí ollscoile. Bíodh sin mar atá, bhí sé ar bís leis na pioctúireacha deireanacha a fheiceáil, fiú dá mbeadh siad 'fabhtach' féin. D'fhiafraigh sé díom cén scoil lenár bhain siad agus d'inis mé dó. D'aidmhigh sé nár chuala sé iomrá ariamh ar 'scoil na sceimhle'.

B'iontach liom chomh saonta le Liam Mac Ceannfhaolaidh. Má bhí Machiavelli léite aige, is beag dena chomhairle a d'fhan ina chuimhne. Mhínigh mé dó go raibh mé ag iarraidh *Náisiúntacht agus Rathúnas na hÉireann* a phlé leis ar feadh tamaill bhig agus go bhfanódh an fear ceamara i seomra na bpioctiúireacha. Labhair mé as mo sheasamh ar feadh deich mbomaite nó mar sin, agus fuair Ó Dísceoil mian a chroí ar na pioctúireacha. Glaodh air ansin le grianghraf a ghlacadh de Liam. Is ansin a fuair mé amach go raibh sé ní b'ealaíonta ná mar a mheas mé, in achan chiall den fhocal. Chuaigh sé a chaint go plámásach le Liam fán tionchar a bhí ag na Laochra ar fhorbairt na n-ealaíon in Éirinn. An Réalachas Sóisialach, cineál nua íocónagrafaíochta a chuir Clann Tomáis in áit Chlann Dé. Bheadh 'Spailpíní' nó 'Mianadóirí Arigna' ag fóirstean do chlúdach an leabhair a dúirt sé, agus chuir sé Liam ina sheasamh os comhair fuinneoige, in aice carn leabharthaí, amuigh sa gharrdha agus i ndoras an tí – culaith éadaigh air agus loinnir ina chiabh mar Brylcreem. An polaiteoir ar a thairseach féin, chomh bródúil le cat a mbeadh póca air. Is in amanna mar sin a chuimhneoinn ar Chathal agus ar Anna agus is sásta a gheobhainn greim ar a mhuineál caol agus a thachtadh i láthair a mhná féin.

D'imigh muid ansin. Rud nár ghnách leis, níor dhúirt Ó Dísceoil focal go ceann deich mbomaite i ndiaidh dúinn Dún Rí a fhágáil. Dar liom go raibh sé i ndiaidh rud a fheiceáil nach raibh ag teacht lena thuairimí réamhdhéanta fá chumas cruthaitheach Chathail Mhic Eachmharcaigh. Bhí eadar iontas agus imní le léamh ar a ghnúis bhog – iontas gur éirigh le Cathal an léim sin a thabhairt ón stíl a chleacht sé ar feadh bhunús a shaoil go dtí stíl nach raibh iomrá ar bith uirthi i measc aos dána na hÉireann. Má bhí imní air, is é an chúis a bhí leis ná go bhféadfadh breall a bheith ar a chomhairleoir léinn, tobar gach feasa. Mhair sé mar sin ar feadh tamaill, mar a bheadh gasúr ag gabháil i ngleic le céimseata nó le haibítir na Gréigise. Fá dheireadh, rinne sé mar a dhéanann lucht ollscoile i gcónaí agus iad i láthair an tsaoil. Chum sé teoiric.

"Ní féidir gur Cathal Mac Eachmharcaigh a rinne na pioctúireacha sin."

Bhí sin chomh hamaideach is nár bhac mé lena fhreagairt. Ach lean sé air.

"Ní thugaim isteach dó: go dtiocfadh le healaíontóir ar bith droim láimhe a thabhairt dona chiútaí stíle uilig agus stíl úrnua ar fad a tharraingt chuige féin, chan ina laghad sin aimsire."

Bhí fonn orm sin a fhreagairt ach choinnigh mé mo phúdar tirim go fóill beag. Is é Ó Dísceoil a bhí leis na pioctúireacha a phróiseáil, i seomra dorcha a rinne a mhuintir dó ina dteach féin. Mar sin ab fhearr, nó ní bheadh a fhios ag duine ar bith de lucht leanúna na Laochra cad é a bhí ar cois. Ach d'fhág sé nach dtiocfadh liom iaróg ar bith a thógáil leis an fhágálach bheag mhillte go mbeadh obair an lae déanta.

"Cuir i gcás go mba scríbhneoir a bheadh ann. Abair anois go gcuirfeadh 'Máire' úrscéal osréalach ar fáil a bheadh suite i dteach striapachais i bPáras. Nach mbeadh do sháith iontais ort fá sin, agus beagán amhrais lena chois?"

Bhí mé i ndeireadh na foighde leis seo. Tharla go raibh sé ag cur thairis fá ábhar a bhíodh go mór ar m'aigne le tamall. Athbheochan nó athnuachan nó cibé cad é ainm a bheadh agat air. I ndiaidh domh an dá scór a chnagadh, is ar éigean ab fhiú liom a bheith beo. Bhí oícheanta ann agus ba mhór an faoiseamh domh an corp seo a chaitheamh thar Dhroichead na Life. In amanna, ní léir domh cad é a chosc orm é, mura falsacht a bhí ann. Ní hionann a bheith ag plé le coincheapa teibí 'bheith' agus 'gan a bheith' agus do cholainn a chaitheamh san uisce fuar-reoiteach, agus an sruth do do tharraingt isteach i gcraos na farraige móire.

Ní shéanaim go raibh mo shaolsa suarach go leor. Go dtí go raibh mé ceathracha bliain d'aois ba ghnách liom cuntas cín lae a bhreacadh ar achan uile lá dár gealadh. Chonaic mé ansin gurb iad na rudaí céanna a bhíodh á scríobh agam i gcónaí. Lá sa Chúirt Chuarda agus oíche i dTeach Uí Chinnéide agus an dímheas céanna agam ar an dream a bhíodh sa dá áit. Cloigeann ramhar agus aithreachas orm ar maidin. Bhí mé Aoine Chéasta agus mé ag ól liom féin sa teach lóistín a raibh mé ann san am. D'fhan mé go raibh muintir an tí uilig ar shiúl ar aifreann agus chuaigh mé isteach sa seomra suí. Chuir mé na leabharthaí cín lae ar ar fad isteach sa tine, ceann i ndiaidh a chéile agus b'iontach liom a fhad a bhí mé i mbun oibre. Mo theacht go Baile Átha Cliath. Na laoithe cumainn d'Anna Ní Mhaoil Eoin. An fonn a thigeadh orm corruair mo shaol a chur ar dóigh. Ligean den ól, scéal maith nuaíochta a aimsiú, peann a chur le pár arís. Dar liom go raibh sé cosúil le lámh a chur i do bhás féin, fiú mura ligfeadh an mheatacht domh an gníomh sin a dhéanamh. Iomlán mo laetha a chur ar neamhní. Choinnigh mé na litreacha a chuir Anna chugam, cé gur doiligh domh a mhíniú cad chuige.

Dar liom gur mise an díol truaighe ba mhó a bhí in Éirinn. Fear nár thuig aon duine agus nár thuig aon duine é. Fear a fuair an toirtín beag agus an mhallacht. Char chreid mé an t-am sin go dtiocfadh liom mo bhéasaí a athrú. Cha raibh ann ach cad é ba túisce a mharódh mé, an droch-chuid sna tithe lóistín nó an biotáilte saor. Ach níl léamh ar chora na cinniúna. B'fhéidir nach raibh de dhíobháil orm ach go gcuirfeadh daoine muinín ionam an athuair. Ba mise an ceann feadhna ar an fheachtas seo i gcoinne na Laochra, agus bhí sé ag aclú mo smaointe agus do mo dhéanamh óg, dearbhghníomhach. Déarfainn gur saol úrnua a bhí ann, ach go bé a oiread den tseansaol a bhí fríd. Suim á cur agam san éigse arís. Díocas orm scéal nuaíochta a chur i láthair Chlanna Gael. Agus Anna Ní Mhaoil Eoin. An féidir go mbeadh toil aici d'fhear gníomh mar sin? A curadh cosanta. Bhí lúcháir orm, an t-am sin, gur choinnigh mé na litreacha.

"Agus rud eile de," Ó Dísceoil a labhair, "tá na pioctúireacha sin ag cur i gcuimhne domh rud inteacht a chonaic mé roimhe. Bheadh agam le hamharc fríd na leabharthaí sa bhaile, ach tá mé iomlán cinnte gur ... "

"Cinnte! Cinnte a deir sé! Cá bhfuair tusa an t-údarás a mhaíomh go bhfuil tú cinnte de rud ar bith, tusa a bhí i mbríste ghairid inné, agus inniu ag caitheamh anuas ar fhear a mhair is a chonaic a lán!"

Shíl mé go bhfreagródh sé sin, ach níor fhreagair. Tháinig eagla orm ansin go ndeachaigh mé thar fóir agus gur cheart domh mo leithscéal a ghabháil. Níor ghabh. Shiúil muid linn go dtí an áit a bhfaigheadh Ó Dísceoil tram amach go dtí teach a mhuintire. Labhair sé liom go cúthail, "Tá go maith. Beidh na grianghraif réidh agam duit inniu, a dhuine uasail. Iarraim pardún ort má chuir mo chuid cainte isteach ort. Fuair na léachtóirí ollscoile an locht céanna ar mo chuid aistí, go mbínn ag tuairimíocht gan fianaise a bheith agam."

Dúirt mé leis nach tráth pardúin ná maithiúnais a bhí ann ach thairis sin níor dhúirt mé dadaidh. Seo cuid de mo shaol úr. As seo amach déarfadh daoine, "Sin Mánas Mac Giolla Bhríde. Thig leis a bheith gairgeach le tuairisceoirí óga ach tá an ceart sin aige, i ndiaidh a bhfuil déanta aige."

Bhí tamall le cur isteach agam sula mbaileoinn an dréacht deireanach ó Ruairí Ó Canainn. Ba gheall le síoraíocht é. B'fhearr liom luí i bpoll uaighe ná pilleadh ar an oifig róluath, nó bheadh sé ina chogadh dhearg ann i ndiaidh do Mhac an Phearsúin cead siúil a thabhairt do na clódóirí. Ach cá raibh mo thriall ansin? Cá raibh mo dhíseartán? Thiocfadh liom siúl go héidreorach ar na céanna, dreibhlín de dhaoscar na slumaí ag sodar i mo dhiaidh, ag scairtigh amach na leasainmneacha a bhíthear i ndiaidh a chumadh. Druncaeir. Ceann púca. Is fearr neamhiontas a dhéanamh díobh. Ag iarraidh tú a phriocadh atá siad, le súil is go reathfaidh tú ina ndiaidh. Sin cuid mhór den aithne atá curtha agam ar dhaoine. Cailleann siad suim ionat nuair is léir dóibh nach suim leat iadsan. Cibé ar bith, bhí breis agus mo sháith siúil déanta agam le tamall agus bhí mo chosa nimhneach.

Ní fios cad é a chuir i mo cheann é ach dar liom go mbuailfinn isteach i séipéal. Ní gabháil ar aifreann ba mhian liom ná éisteacht le cráifeachán bog óg ag meidhligh go meigeallach fá dhualgais an Chríostaí. Díreach suí in áit shuaimhneach fhionnuar nach raibh boladh allais is uisce beatha ann. Is fada an lá ó bhíodh ceithearnaigh ag iarraidh tearmainn iontu, ach is cineál tearmainn atá sna heaglaisí i gcónaí. San aois seo, agus an talamh fánár gcosa á thomhas agus á dhíol agus á ligean amach ar cíos, gan orlach de thalamh coiteann a chaomhnú, is aoibhinn liom na tithe fairsinge seo i gceartlár na mbailte móra. Iad folamh bunús mór na bliana. Gan díol ná ceannacht ar siúl iontu. Gan trompa ar bith á shéideadh do dhéithe nua na marsantachta. Ba chuma liom an eaglais a bheith Gaelach nó Gallda agus – an fhírinne choíche – is ag Eaglais na hÉireann atá na foirgnimh is maisiúla san ardchathair. Seo liom i dtreo Theampall Chríost.

Shuigh mé i mbroinn an hEaglaise agus thoisigh a léamh bileog eolais fá stair na háite, mar a mbíodh Lorcán Ó Tuathail ag déanamh a anama san aimsir fadó. Ar chúis inteacht, ba bheag mo mheas ar na naoimh a bhí suas le linn ré órga an chreidimh. Dar liom nach 'íobairt' ar bith do dhíthreabhaigh an tseanreachta cónaí ar an uaigneas. Leoga, ní íobairt ach faoiseamh a bheadh ann, mo dhíseartán féin ar an chúlráid. Gan mo chliú i measc chlann Ádhaimh is Éabha a bheith á shíorchur ar crannaibh. Gan an dúil chráite seo m'ainm a chur in airde a bheith do mo thiomáint i gcónaí. Dar liom go bhfóirfeadh sin domh. Gan aon duine a bheith ann le mé a adhradh nó a aoradh. Maidir liomsa de, is mó mo spéis i Strongbow ná i bpearsa eaglaise ar bith, dá naofa é. An bheatha thadhaill mar rogha ar an bheatha dhiaga. Bhí sé ar cheann de na rudaí a mhusclaíodh imreas eadar mé féin agus mo mhuintir. M'athair ag dúil go ndéanfaí sagart díom agus cén mhaith domh a bheith ag iarraidh a mhíniú dó gur túisce a dhéanfaí colún cloiche díom? Cá bhfuil mar a thuigfeadh seisean, fear a tógadh ar an chaorán, gurb ionann agus daoirse creidbheáil go huile is go hiomlán i rud ar bith. Nach léir sin ón Ghaeilge féin? Creidbheáil i rud nó géilleadh dó, nó tabhairt isteach dó. Agus ní raibh mise le géilleadh do dhia ná do dhuine.

Ná síl go séanaim Dia ar fad. Tá mé mar a bhí an tseanbhean ar fiafraíodh di, "an gcreideann tú sna daoine beaga?" agus a d'fhreagair, "is cuma cé acu a chreideann nó nach gcreideann. Is ann dóibh i gcónaí." Dar liom go bhfuil teagasc Chríost chomh maith le teagasc ar bith eile. Níl i saol an duine ach an t-aistear ón chillín chun na croiche. Faigheadh sé sólás cibé dóigh a dtig leis. Fealsúnacht falsanacht breallsúnacht.

Ach is doiligh do dhóchas a chur i gCríost agus tú ag amharc ar ghníomhartha na ndaoine a dtugtar 'Críostaithe' orthu. A oiread deasghnáthanna is sacraimintí atá acu le laghdú ar a gciontacht. Níl peacadh dá mhéad nach maithfidh sagart na faoiside duit. Agus má rinne tú peacadh, nach é an Boc Dubh a chuir cathú ort é a dhéanamh? Is iontach an acmhainn atá ionainn bealaí a sheiftiú chun ualach na daonnachta a éadromú. Is é a deir an slua, 'pilleann an fheall ar an fheallaire', ach tá m'intleacht ag rá liom nach bpilleann, nó nach bpilleann sí chun cuimhne. Ní théann againn cuimhneamh ar leath ár bhfeille tráth aithrí nó faoiside agus, dá rachadh, cá bhfios nach dtitfeadh an t-anam asainn le scanradh?

Shiúil mé a fhad leis an iolar mór óir agus d'amharc

thart fá dtaobh díom. Duine ná daonnaí san áit. Thiocfadh liom seanmóir a thabhairt uaim fá lochtaí an duine, ach dá dtoiseoinn, cá stopfainn? Bhí an Bíobla foscailte amach romham ar chaibidil de chuid Mhatha, ach dar liom ariamh go bhfuil filíocht níos fearr sa tSean-Tiomna agus thiontaigh mé na leathanaigh siar go hEaxodus. Léigh mé páirt den eachtra úd ar a dtugtar 'Cáisc na nGiúdach'. D'ordaigh Dia do gach fear de Chlann Iosrael uan a íobairt ar a leithéid seo d'oíche agus an fhuil a smearadh ar dhoirse a dtithe. 'Gabhfaidh mé trí thír na hÉigipte an oíche sin agus buailfidh mé gach céadghin i dtír na hÉigipte idir dhuine agus ainmhí; imreoidh mé daorbhreith ar dhéithe uile na hÉigipte; mise an Tiarna!

'Beidh an fhuil ina comhartha agaibh ar na tithe ina bhfuil sibh. Nuair a fheicfidh mé an fhuil, gabhfaidh mé tharaibh agus ní thitfidh aon phlá oraibh do bhur scrios nuair a bhuailfidh mé talamh na hÉigipte.'

"Tá sin maith go leor," a dúirt mise liom féin, "ach ná cluinim tuilleadh béalchráifeachta ó lucht eaglaise fá uafás an chogaidh atá inár láthair. Dia féin, ardaíonn sé an cine seo agus scriosann an cine seo eile. Agus gach aicme chreidimh ar domhan ag maíomh gurb iadsan an pobal beannaithe." Bhí tost na hArdeaglaise ag toiseacht a chur uaignis orm. D'imigh mé liom agus samhailteachta gránna i m'aigne. Shamhlaigh mé tír nach raibh éagosúil ó Ghaeltacht na hÉireann mar a bhí le linn m'athartha, tithe aolnite agus mná fána seálta dubha. 'Agus do bhí gáir ghoil mhór san Éigipt; óir ní raibh teach gan duine marbh ann.' Agus chuala mé suaimhneas na maidne á réabadh ag screadach na mban nuair nach dtiocfadh leo a mic a mhuscailt. Gach uile scread acu a ligeadh ariamh agus iad a chur in aon scread amháin – cé chomh fada is a mhairfeadh sí? Ar feadh shaol na saol.

3.10 p.m.

Is i dtacsaí a chuaigh muid go teach lóistín Ruairí. "Chaill mise lúth na gcos i bhfad siar," a dúirt Mac an Phearsúin, saothar anála air á chaitheamh féin isteach sa suíochán cúil, "i mo shuí Domhnach is dálach ag an diabhal deasc úd," agus lean sé air a ghearán fána shláinte. Má lean féin, ní fhéadfainn tuairisc a thabhairt air, óir bhí mé ag déanamh mo mhachnaimh fá rud eile ar fad, an caidreamh eadar mé féin agus Ruairí Ó Canainn. Cad chuige a raibh mé chomh gránna leis an oíche úd sa teach leanna? Fear chomh lách leis. Caoinbhéasach. Gnúis ionraic dhóighiúil. An rún atá aige an saol a chur ina cheart. I dtaca le gnaoi na mban óg de, is tréartha iad sin atá chomh cumhachtach le ball seirce. An bhean óg úd, Aoife Ní Raghailligh, an amhlaidh gurb ise a leannán mná? Ní deireadh sí mórán, ach í ag coimhéad agus ag éisteacht, díreach mar ba ghnách le hAnna nuair a bhíodh an bheirt againne i gcuideachta lucht éigse. Lena linn sin, bhínnse ag cur tharam go tréan fá seo agus siúd. Duine ar bith a d'easaontaigh liom, ba mhian liom é a threascairt. Bhínn go dásachtach, daingean agus go minic díchéillí, ag nochtadh na smaointe ba uaigní i mo chroí i seomra lán strainséirí, nó ag maíomh rudaí nár chreid mé féin iontu ach a bhí seort cliste agus a thug le fios nár dhuine mar chách Mánas Mac Giolla Bhríde. Cearta daonna? Pisreog mheánaicmeach! An bheatha shíoraí? Lóchrann do thachráin a bíos uaigneach san oíche! Athbheochan na Gaeilge? Aisling de réir mian!

Ní bhíonn Ruairí leath chomh béalscaoilte. Smacht aige ar a aigne agus ar a theanga, díreach mar atá smacht aige ar a iompar féin, ar an tsaol thart timpeall air. A chuid seomraí slachtmhar ordúil, chomh lom le cillín manaigh. Agus smaointigh mé ar mo sheomra féin ansin. Leabaidh mar a bheadh clár adhmaid ann, agus chan é sin an clár bog déil. Seanbholadh ar na braillíní, boladh allais is uisce beatha. Boladh tais ar aer an tseomra agus poill ite ag luchóga sa bhrat urláir. Achan tointe éadaigh dá bhfuil agam sa chófra bheag taobh leis an fhuinneog. Is suarach an cnuasach saoil atá ann d'fhear ina chuid ceathrachaidí. Ba mhinic mo smaointe do mo mhealladh mar seo ar chonair na díomá agus ní miste domh a rá go mbíodh oícheanta ann agus shilinn uisce mo chinn. In amanna mar seo bhínn i mbaol titim i ndroim dubhach ar fad agus b'éigean domh seift inteacht a chumadh le mo mhachnamh a chosc. Mo chluasa a bhodhrú le dúrtam dártam mo chomhghleacaithe nó m'intleacht a dhalladh le sú na heorna. Nach greannmhar go moltar do dhaoine, le linn dóibh a bheith go dubhach, cuideachta daoine eile a lorg nuair is iad ár gcomhdhaoine is mó a dhéanann dubhach sinn? Bhí mé ag dúil le duais uathu agus ní bhfuair mé ariamh í. An é nach ligfeadh an t-éad dóibh an urraim ba dual domh a thabhairt?

Agus ba é an t-éad bun agus barr an chaidrimh eadar mise agus Ruairí. Siúd is go raibh Ruairí ar aon aois liom, nó beagán níos sine ná mé, ní thiocfadh liom an smaointiú a dhíbirt as mo cheann go raibh sé díreach san áit a raibh mise fiche bliain ó shin. Bua na scríbhneoireachta aige. Bean álainn ar láimh aige. Roghanna le déanamh fán tsaol atá roimhe. Ach is fearr a bheadh seisean in ann na roghanna sin a dhéanamh. Rachadh seisean lena aingeal coimhdeachta – an bhean – fad is a chuaigh mise leis an leannán sí úd a chónaíonn i mbuidéal.

Bhí tréathra ann a choinneodh ar bhealach a leasa é, tréathra nach raibh ionamsa. Mise a bhí lag, dochomhairleach. Mise a raibh a oiread sin trua aige dó féin. Ach b'in inné, agus bhí an lá inné chomh fada i gcéin uaim is a bhí seanghabhálacha Éireann. Ní thig duine chun an tsaoil ach uair amháin ach, an té a bhfuil an t-ádh air, ligtear dó seal dá shaol a chaitheamh agus theacht i láthair go húrnua, mar a bheadh aisteoir a bhfuil dhá pháirt aige san aon dráma amháin. B'in mar a bhí agamsa. Ghabh aithreachas mé fá bheith chomh gránna le Ó Canainn. Bhí eagla orm fosta go raibh mé i ndiaidh a cheann a chur i gcontúirt agus iarraidh air an cuntas sin ar imeachtaí na Laochra a scríobh. Ba mhian liom thar a bhfaca mé ariamh go dtiocfadh sé slán, agus ba é an rún sin a thug orm deifriú amach as an tacsaí i ndiaidh dúinn an teach a bhaint amach, a chuir ag reáchtáil suas na céimeanna mé, isteach ar an doras a bhí ar leathadh, suas an staighre agus isteach i seomra Ruairí. Bhí an deasc agus an chathaoir ann i gcónaí, loinnir ar an adhmad sa solas ón fhuinneog oscailte. Bhí an bocsa beag bruscair lán duilleog craptha, mar fhianaise ar shaothar na hoíche aréir, ach ní raibh iomrá ar bith ar fhear a scríofa. Seomra glan ordúil cosúil le céad seomra eile i dtithe lóistín Bhaile Átha Cliath. Ba é Mac an Phearsúin, a tháinig isteach ag rá rud inteacht fá bharraíocht deifre agus thaom croí, ba eisean a chonaic an smál fola i lár an urláir.

Bhí sé chomh mór le cloigeann fir, nó leis na rósanna móra a bhí breactha ar an bhrat urláir. Iomlán tirim, de réir cosúlachta. An t-aon fhianaise go ndearnadh feillghníomh san áit, am inteacht le linn na hoíche nó in uaireanta beaga na maidine. Is iontach nach bhfaca mé féin é, mise a bhí istigh cupla bomaite maith roimh an fhear eile. Nó b'fhéidir nach raibh mé ag iarraidh a fheiceáil.

Cibé amhras a bhí ar Mhac an Phearsúin fán scéal, thréig sé é i ndiaidh na heachtra sin. Siúd is nach raibh lá aithne aige ar Ruairí, ghoill a bhás go mór air – más marbh a bhí sé. "Fear chomh fiúntach leis. Á, gan a chorp a bheith le fáil le cur sa chill. Mór an fheall! Mór an fheall!" Agus bhí fonn díoltais dá réir air. Ghlac sé mo chomhairle gan ainm Ruairí a lua ar an eagrán a bhí eadar lámha, ach an scéal a chur fá dhéin de Búrca, bleachtaire intrust a raibh aithne aige air le fada. Thiocfadh linn gabháil i mbun obair an pháipéir i gceart ansin, gan Gardaí a bheith dár gceistiú fá imeachtaí an lae. In áit na ceannlíne a bhí scríofa ag Ruairí don leathanach tosaigh, chuir sé pioctúir de Liam Ó Ceannfhaolaidh ag caint ag ócáid phoiblí inteacht, a lámha spréite amach aige agus cuma fhiáin ar fad air (an pioctúir a raibh a oiread sin fuatha aige féin air) agus ceannlíne lom os a chionn: FUIL AR A LÁMHA. Foilsíodh cuntas Uí Chanainn ar imeachtaí na Laochra ar an dara leathanach agus is é a bhí sa tríú leathanach ná eagarfhocal ag agairt ar an rialtas 'gabháil a shatailt ar chloigeann na nathrach nimhe seo a chuirfeas daonlathas na hÉireann ar ceal mura ndéantar gníomh anois.'

Bhí bearnaí anseo is ansiúd, áit a raibh muid ag fanacht le Ó Drisceoil theacht agus pioctúireacha deireanacha Chathail Mhic Eachmharcaigh aige. Thug muid linn na duilleoga páipéir uilig a bhí i seomra Ruairí agus bhí oiread ann agus a dhéanfadh alt maith fán cheangal Rúiseach. Bhí mé ar mire liom féin nár ghlac mé leis na cáipéisí Rúiseacha a thaispeáin Ruairí domh sa teach leanna. Ach scríobh mé alt ag maíomh go bhfaca mé a leithéid, agus bhí mé le halt mór fada a scríobh fá Ruairí Ó Canainn a bheith ar iarraidh. Bhí poll maith curtha againn sna Laochra cheana féin agus chuirfeadh eagrán an lae anóirthear deireadh leo ar fad. Fiú amháin gur chuir muid Toirealach Ó Cearbhaill ionsar Mhac Giolla an Átha, féacháil cad é an dearcadh a bheadh aigesean fána mhuintir féin a bheith ag scaoileadh leis.

Ba é mo lá fómhair é, shílfeá. Scéal de mo chuid i mbéal na tíre, agus mé féin agus an t-eagarthóir ag obair as láimh a chéile san fheachtas i gcoinne na Laochra. Amárach, bheadh an scéal ar eolas ag tuataí atá ródhúr le fiú cuid páipéar beag na Sasana a léamh. Bheadh suí éigeandála á éileamh i dTeach Laighean. Bheadh caint ar an Acht um Chionta in Aghaidh an Stáit agus ar Acht na gCumhachtaí Speisialta. Rithfí Acht Coigistithe Mhic Lochlainn in aon lá amháin. Rachadh na Gardaí a chuardach Ruairí Uí Chanainn agus bheadh ceisteanna á gcur ar Liam Ó Ceannfhaolaidh nach furast a fhreagairt. Ach níor chuir mé dúil ar bith i mbua na huaire. Bhí m'aigne chomh bríomhar buartha is go bhfacthas domh go raibh taom ag teacht orm – smaointe ag teacht ar nós falscaí agus gaoth an earraigh ar a cúl. Anna ba mhó a bhí do mo chrá. Bhí sí ag súil le Ruairí a bheith i mBéal an Easa go luath. Ar cheart domh inse do de Búrca í a bheith ann? Ach ní dhéanfadh sin ach aird a tharraingt uirthi. B'fhearr domh féin gabháil ann. Rachainn i mbun an aistir maidin amárach, i ndiaidh an t-alt a fhágáil ag an eagarthóir. Bheadh obair ag lucht an nuachtáin domh, agus bheadh lucht na bpáipéar eile agus lucht an raidió ag baint na sála dá chéile ag iarraidh labhairt liom. Bhí lá ann agus ba bhinn liom sin … A chead acu! Rachainn go Béal an Easa agus tchífeadh Anna an díograis a bhí ionam ina leith.

Bhí corrdhuine de mhuintir na bpáipéar eile ag crochadh thart cheana féin, ag iarraidh eolais fán stailc a chuir na clódóirí suas i ndiaidh do Mhac an Phearsúin a raibh de Laochra ina measc a bhriseadh as a bpost. Agus ní fada go raibh an scéal amuigh nach eagrán mar gach eagrán a bheadh sa *Tamhach Táisc* maidin amárach. Ní hé go raibh brathadóir de chuid na Laochra ann. Ní thiocfadh le Dia scéal a choimeád fá rún áit a bhfuil slua de lucht nuaíochta ar aon fhód amháin. Ba ghnách le Mac an Phearsúin ordú dúinn scéalta móra a bhí againn a bhualadh fánár gcos, ach is é rud go raibh sé ag iarraidh orainn an scéal seo a fhógairt do cibé duine a mbeadh fonn éisteachta air. Bhí sé ag iarraidh go mbeadh na páipéir uilig anuas ar na Laochra. I dtaca liomsa de, chuaigh mé isteach in oifig fholamh a bhí ag na tuairisceoirí spóirt agus shocraigh mé féin i gcathaoir chompordach a bhí ann. Smaointigh mé nár mhiste domh toiseacht a chlóscríobh chín lae Chathail Mhic Eachmharcaigh, ach chaith mé suas é i ndiaidh cupla leathanach. Bhí oíche fhada romham.

Ach cé a shílfeadh go mbeadh an oíche díreach chomh fada? An oíche úd i nGarraí Gheitséamainí ní raibh sí a dhath níos faide ná an oíche a chuir mise isteach san oifig bhrocach úd i lár phríomhchathair na hÉireann. Séanadh Críost trí huaire agus níl an uimhir sin gan tábhacht domhsa. Trí scéal a hinseadh domhsa a thaispeáin domh méid mo bhaoise. Agus ní saoithe ná fáithe a chuir i mo láthair iad.

Ó Drisceoil ba túisce a tháinig, i dtrátha a sé a chlog. Aoibh air mar a bíos ar lucht d'aimhleasa i gcónaí agus iad ag cur drochscéil in iúl duit. Shuigh sé in airde ar an tábla os mo chomhair, mar a bheadh fear mo dhiongbhála ann, ar nós gur cuireadh ar ceal an bua a fuair mé air ar maidin.

"An bhfuil na grianghraif réidh agat?"

"Tá, agus féadaim a rá gur tháinig siad amach go maith."

Bhí fonn orm an Béarlachas ina chuid cainte a cheartú, ach ní ligfeadh an tuirse domh. Shuigh sé romham ar feadh tamaill mhaith gan focal as, ag fanacht liom fiafraí de cad é an scéal mór a bhí aige domh. Nuair ba léir dó go raibh sé fuar aige fanacht, bhain sé de an mála a bhí ar a dhroim agus chuir ar a ghlúine é. Siúd amach as an mhála leabhar mór tiubh den tseort ar a dtugann na Francaigh *beaux livres* – leabhar lán de phriontaí ealaíne. Bhí 'Nua-Ealaín na hÉireann' breactha ar a droim. D'fhoscail sé amach í ar leathanach a bhí marcáilte le stiallóg pháipéir. Bhí caibidil iomlán inti ar shaothar Mhic Eachmharcaigh – 'An Réabhlóidí Traidisiúnta', cibé ciall atá leis sin – agus dornán de na pioctúireacha ba iomráití leis caite thall is abhus eadar na colúin téacs.

"Deirim leat arís," a dúirt Ó Drisceoil, "ní féidir gur Cathal Mac Eachmharcaigh a rinne na pioctúireacha a chonaic muid inniu."

"Ó ná nach féidir? Abair liom, a shaoithín bhig éadmhair, cén fhianaise atá agat ar a shon sin?"

Bhí oiread sásaimh air is nár ghoill an searbhas air. Seo é ag siortú sa mhála arís, gur bhain sé gloine mhéadaithe amach.

"Ó, a Dhia inniu!" a gháir mise. "An é seo an 'mionscrúdú ealaíne' a theagasc siad duit sa choláiste?"

Bhain sé ceann de na grianghraif amach as an chlúdach agus chuir taobh le pioctúir sa leabhar é – tírdhreach luath dar teideal 'An tAtlantach'. Thug sé domh an ghloine mhéadaithe agus dúirt liom amharc ar ainm Chathail sa dá phioctúir. Sa chúinne íochtarach, ar chlé, a bhí an t-ainm sínithe sa dá phioctúir, ach sin a raibh de chosúlacht eatarthu. Litreacha beaga caola a bhí sa leabhar, peannaireacht dhlúth mar a scríobhfadh leanbh. Litreacha tiubha scaoilte a bhí sa ghrianghraf, ach níor chuir sin buaireamh ar bith orm. Peannaireacht Chathail a bhí ann, ar aon dul leis an pheannaireacht sa chín lae.

"Cha dtig," a dúirt mise, "comórtas slán a dhéanamh nuair nach bhfuil againn ach trí fhocal sa dá phioctúir."

Draidgháire ar Ó Drisceoil i gcónaí. Thiontaigh sé an leathanach agus thaispeáin domh fótastát den *manifesto* ealaíne a scríobh Cathal agus é ina ógfhear – é scríofa amach ina láimh féin agus ní raibh gaol ar bith eadar sin agus an pheannaireacht sna pioctúireacha deiridh. Agus ní luaithe a thuig mé sin go dtáinig smaointiú scáfar i m'aigne nach raibh gaol ar bith aici leis an pheannaireacht sa chín lae ach an oiread. Thuig mé ar an bhomaite go rabhthas i ndiaidh cleas a dhéanamh orm. Cuireadh tuilleadh tuairiscí i mo láthair roimh mhaidin a dhéanfadh gealt de dhuine ní b'fholláine ina aigne ná mise, ach níor lig mé a dhath orm, agus is ar éigean a mhéadaigh mo ghruaim i ndiaidh an chéad bhuille sin a fháil. Cad é ab fhearr a dhéanfainn? Deifriú isteach sa chlólann agus ordú dóibh na hinnill a chosc, an páipéar a bhaint den phreas agus a dhó. Ach is é rud gur fhan mé i mo shuí. Chuir mé m'intleacht a dh'obair ar mhíniú ní ba taitneamhaí – seift nár theip orm ariamh.

"Ar ndóigh, an duine atá fá leatrom, is minic a chuirtear dena dhóigh é, mar a déarfá. Cailleann sé a chuimhne, b'fhéidir, nó liathann a cheann thar oíche. Chan cuid iontais ar bith gur éirigh scríobh Chathail níos … scaoilte."

"Malairt cló, mar a déarfá," a dúirt Ó Drisceoil. Ag magadh orm a bhí sé, ach lig mé tharam go fóill é.

"Go díreach. Is deas mar a dúirt tú é."

D'imigh Ó Drisceoil, "ag taispeáint na ngrianghraf" don eagarthóir, mar dhea. Is maith a bhí a fhios agam gur ag cur síol an amhrais in aigne Mhic an Phearsúin a bhí sé. Agus b'in an ithir nach raibh mórán saothrú le déanamh uirthi.

Bhí an páipéar réidh le cur amach fríd an tír fán am ar tháinig an Bleachtaire de Búrca. Cuma air mar a bheadh ar dhuine atá i ndiaidh éirí i lár na hoíche i seomra coimhthíoch. Bearnaí fada ina chuid cainte le linn dó a bheith ag cuardach leagan cainte a d'fhóirfeadh do bhleachtaire de chuid an Gharda.

"Is mian liom, á … gabháil siar, ar chuid den eolas, chan é, na sonraí a luaigh tú le linn … na chéad chéime den, den … "

"Den fhiosrúchán?"

"Chan é, den chuardach. Anois, deir tú liom gur i nDún na nGall a tháinig Ruairí Ó Canainn chun an tsaoil?"

"Sa dara paróiste domhsa i mBéal an Easa. Sin a dúirt sé liomsa, ar scor ar bith."

"Agus is ann a ... fan go bhfeice mé ... a cláraíodh breith an duine?"

"Creidim, murar cláraíodh i Luimneach é."

"Tchím, tchím. Bhuel an rud atá ann, is é fírinne an cháis, ná go bhfuil taifead ar Ruairí Ó Canainn theacht chun an tsaoil i míle ocht gcéad nócha a hocht. Ach tá rud beag eile ann nach dtuigim i gceart."

"Cad é an rud beag eile sin, nó an bhfuil tú ag iarraidh orm tomhas?"

"Tá, gur báitheadh é ar long de chuid chabhlach na Sasana a cuireadh go tóin poill sa bhliain míle naoi gcéad is a cúig déag."

Tost ar feadh leathbhomaite.

"Ná bíodh a oiread gruaim' ort, a Mhánais. Bronnadh bonn air."

Ag amharc siar, ní cuimhneach liom go dtáinig scaoll ar bith orm. Ba é an meon a bhí agam ná 'Déan do dhícheall, a chinniúint, is cuma liomsa.'

"Agus giota eile de. Níl duine ar bith sa chathair a bhfuil aithne aige air níos faide ná bliain nó beirt – i ndiaidh dó 'pilleadh ón chogadh'. Eisean ná an bhean úd a bíos ina chuideachta."

"Aoife Ní Raghailligh! Ná habair go deachaigh tú go Dún Rí ag cur a scéala!"

"Ní dheachaigh, nó bheadh sé fuar agat a scéala a chur in áit ar bith fá spéarthaí Dé. Rugadh i gCorcaigh í sa bhliain míle naoi gcéad fiche. Báitheadh í in Abhainn na Laoi cúig bliana ina dhiaidh sin. Agus seo anois í ag siúl de chosa tirime ar shráideanna naofa Bhaile Átha Cliath. Nach millteanach an teacht aniar atá sna Muimhnigh?"

Ba gheall le buille é sin, agus caithfidh sé gur léir don bhleachtaire é. Labhair sé liom i nglór ní ba séimhe.

"Éist, a Mhánais. Níl mé ag iarraidh a bheith gránna, ach tá dream inteacht i ndiaidh bob a bhualadh ort. Ach tá deireadh le páirt na nGardaí sa chluiche seo. Tá mo sháith le déanamh agam gan mo chuid fear a chur amach ar fud na tíre sa tóir ar bheirt atá ite ag mionéisc agus portáin."

Thiontaigh sé a chúl liom agus thug aghaidh ar an doras. Chuimhnigh sé ar rud inteacht agus labhair sé liom arís.

"Níor inis tú domh gur *Yank* a bhí ann. An Ruairí seo."

"*Yank*? Chan é. Is as Éirinn é go cinnte, cibé rud fá Dhún na nGall."

"Agus ar chuala tú é ag labhairt Béarla ariamh?"

"Níor chuala. Gaeilge uilig a labhair sé liom."

"Bhuel, níl Gaeilge ar bith ag bean an tí lóistín agus deir sí liom go mbíodh blas Mheiriceá ar chuid cainte Ruairí corruair. Cibé ainm atá air ó cheart. Corruair thigeadh Aoife Ní Raghailligh ar cuairt aige agus chluineadh bean an tí cuid den chomhrá eatarthu. Chan ag cúléisteacht a bhíodh sí, tá a fhios agat. *Yankee accent* ar fad a bhíodh acu ar fad sna hamanna sin, deir sí. Ag ól *bourbon* agus ag imirt *checkers*."

"Agus cad é an t-ábhar cainte a bhíodh acu?"

"Ní thiocfadh léi ciall ar bith a bhaint as. Polaitíocht.

Airgead. Cúrsaí an tsaoil. Luaigh mé d'ainm léi agus dúirt sí gur minic a bhíodh trácht ort. Agus d'fhiafraigh sí díom, *'Is he their boss or something?'* Is cosúil go raibh siad ag brath ort gar inteacht a dhéanamh dóibh. Ar scor ar bith! Oíche mhaith anois, a Mhánais. Fágfaidh mé fútsa an scéal a inse don eagarthóir."

Agus d'imigh sé.

Bhí sé go domhain san oíche nuair a buaileadh cnag ar an doras. An tríú teachtaire míshonais chugam – Toirealach Ó Cearbhaill. Ceist agam ort, a léitheoir! Cad chuige a mbíonn a oiread lúcháire ar theachtairí agus iad ag ríomh d'aimhleasa? Cad chuige a bhfaightear blas chomh taitneamhach sin ar fheoil na tubaiste? Ní fear a bhí i dToirealach a dhíolfadh an fheoil sin fána luach ach i dtaca liomsa de, bhí mé chomh cloíte is nár chuala mé ach sraith sean-nathanna a raibh an smior chailleach bainte astu le fada an lá. "A Mhánais! Is é báire na fola é ... anois nó riamh ... an dá dhream in eagar catha ... Róisín Dubh ... doirtfear fuil ... Agus gur shíl mé gur fear siosmaideach atá in Éamann Mac Giolla Átha!"

D'imigh sé ar deireadh nuair ba léir dó gur fuar aige a bheith ag iarraidh mo scanradh. D'imigh uair an chloig, nó beirt nó triúr. Is é rud go raibh sé doiligh domh fanacht i mo dhúiseacht, in ainneoin mo chrá. Cleas de chleasaibh na haigne é sin, gan amhras. Thit néal orm fá dheireadh agus rinne mé brionglóid bhuartha ghránna. I dteach m'athara i mBun an Easa a bhí mé, agus ba mhaith an té a déarfadh cén t-am den lá nó den bhliain a bhí ann. Bhí gile ann a bhéarfadh orm a rá gur meán lae i gcorp an tsamhraidh a bhí ann, ach go raibh na dathanna is dual don tséasúr sin i ndiaidh tréigean. Gile mhílitheach a bhí ina n-áit, amhail grianghraf a nochtfaí rófhada don solas. Chuaigh mé isteach sa chistineach agus chonaic mé romham an t-orláiste san áit a mbíodh sé i gcónaí, ar leic na fuinneoige. Ach is é rud go raibh sé méadaithe go mór, fá dheich n-oiread b'fhéidir, agus bhí gach uile bhall troscáin sa tseomra mar a bheadh troscán teach bábóige ann, taobh leis an ghléas ábhalmhór úd. Bhí lámh duine inteacht i ndiaidh an t-orláiste a chur a dh'obair agus bhí sruth gainimh ag titim anuas ón ghloine uachtarach, a bhí chóir a bheith lán ag teacht isteach domh.

Chonacthas domh go raibh an ghloine íochtarach á líonadh go róghasta, agus gur tuar tubaiste domhsa sin. Ba mhian liom an sruth gainimh a chosc ach dar liom go raibh an t-orláiste róthrom le go dtiontóinn é. Chuir mé mo dhroim leis agus thug mé iarraidh ar m'aigne a dhíriú ar gach acra is airnéis neamhurchóideach ar luigh mo shúil air – an tábla íseal garbhdhéanta, an pioctúir den Chroí Rónaofa agus deoir fhola ar sileadh uaidh. Is ansin a mhothaigh mé an trup. Uisce ag titim go frasach fórsúil. Is nuair a thiontaigh mé, cad é a chonaic mé ach an ghloine íochtarach á líonadh le fuil, barr boilgíní uirthi agus í ag scairdeadh mar a bheadh bainne na buaile ann.

Ní go ceann i bhfad eile a thuig mé brí na haislinge sin, agus brí na teachtaireachta a bhí ag Toirealach. Go raibh Mac Giolla an Átha ar an daoraí. Gur gheall sé i láthair daoine go gcuirfeadh sé ceann Liam Uí

Cheannfhaolaidh ar bharr spíce in éiric na bpiléar a cuireadh ann féin. I bplódtithe suaracha ar fud na hardchathrach, sna cúlsráideanna cúnga cáidheacha, bhí fir ag imeacht fá choim na hoíche, éadaí troma anásta orthu leis an arm a bhí ar iompar acu a chur i bhfolach. Daoine nach raibh aon ghléas cosanta ní b'fhearr acu, bhí siad ag imeacht ó theach go teach, ag iarraidh pluais folaigh a aimsiú nárbh eol dona naimhde. Sin nó bhí achan bhall troscáin á charnadh le doras agus le fuinneog acu, an chuid eile den teaghlach ar a nglúine ag agairt Dé iad a ligean slán go maidin. Agus cé nach raibh aon tuigbheáil chruinn agam ar ar inis Toirealach domh an oíche sin, fuair mé boladh na fola ar an aer. Ní fhéadfainn gan smaointiú ar Eaxodus agus ar an phláigh a chuir Dia i dtreo na nÉigipteach. Ach thiocfadh cluain a chur ar an bhás féin dá mba eol duit na comharthaí, na deasghnáthanna aitheanta. Fuil ar na doirse ag an mhuintir a tháinig slán. Fuil na n-uan a rinne siad a íobairt de réir nósanna na nGiúdach agus an fhuil sin a smearadh ar dhá ursain agus ar fhardhoras a dtithe. Ach b'in mo bhall laige ariamh. Ní raibh mé ábalta ar na comharthaí a léamh agus tharraing mé an phláigh úr seo ar Chlanna Gael. 'Agus do bhí gáir ghoil mhór san Éigipt; óir ní raibh teach gan duine marbh ann.'

Is cosúil go raibh mé a rá sin gan stad nuair a thángthas orm ar maidin, báite i mo chuid allais agus sceon i mo shúile mar a bheadh ar fhear a mbeadh peacadh do-mhaite ar a anam.

Nollaig 1947

Phill mé ar Bhun an Easa, agus ní go caithréimeach. Chuir mé bail ar theach mo mhuintire agus chaith saol ann nach raibh éagosúil le saol an ospidéil. Chomhairligh na lianna aigne domh go mba chuidiú domh smacht a chur ar an chlog, éirí ag am ar leith, béilí a ithe go tráthrialta agus mar sin de. Bhí mo shaol á chaitheamh de réir na dtráth, ar nós manaigh, agus is ar éigean a bhíodh faill chomhrá agam thar mar a bheadh in ord tostach. Bhí eagla ar na comharsain romham, agus nuair a chastaí duine acu orm ar an tsráidbhaile nó amuigh ar an chnoc, ní bhíodh ar a dteangaidh acu ach seanchaint inteacht i dtaobh na haimsire. Ní raibh oiread is duine amháin acu a d'amharcfadh sna súile orm, gan fiú an sagart.

Tháinig an aois orm go tobann, mar a thig an oíche anonn in aimsir an fhómhair. Folt liath scáinte orm agus coiscéim ag dul chun righnis. Caithfidh sé go raibh doircheacht inteacht ag leanstan díom i súile na ndaoine. Dar liom go raibh sé chomh maith agam crois a bhreacadh ar an doras ag comharthú do dhaoine gluaiseacht thairis. Seo teach an duine a chaill a chiall. Ach ní hé sin é. D'fhan mo chiall agam i gcónaí. Bhí a fhios agam cé mé féin agus cad é a bhí ag tarlú fá dtaobh díom. Is é rud go dtáinig glas ailt orm i lár mo shaoil, agus ní thiocfadh liom cor a chur díom sa treo aníos ná sa treo anuas. Dúirt na lianna aigne liom gur meon ciontachta is mó a bhí do mo chrá agus nár chóir domh mé féin a dhamnú ar mhíghníomhartha daoine eile. An chomhairle chéanna a bhí ag Mac an Phearsúin, a thigeadh chugam go minic i dtús mo thréimhse i saol na scáil.

Is é rud go raibh lucht polaitíochta ag teacht i dtír orm, dream a bhí ag iarraidh Laochra na Saoirse a chloí. Agus is maith a bhí a fhios acu an dóigh le mise a chur a fhónamh dóibh. Thuig siad gur duine lag, gan treoir gan bhua mé, agus go raibh mé déanfasach dá réir. Thuig siad fosta an dúil a bhí agam san ealaín – dúil an choillteáin i measc bhantracht an Rí. Bhí a fhios acu go rachadh na pioctúireachta úd i gcion go mór orm, agus an chín lae mar an gcéanna. Bhí sé faighte amach ag Ó Drisceoil ó shin go raibh an-chosúlacht idir na pioctúireachta sin agus sraith sceitsí a rinne Hieronymus Bosch. "Míníonn sin a lán rudaí," a dúirt sé, go húdarásach. Agus an pheannaireacht sa chín lae, bhí sí ag cur i gcuimhne domh scríbhinn inteacht a chonaic mé roimhe. Caithfidh sé gur scríbhinn a bhí ann a léigh mé go mion is go minic, le go mbeadh mearchuimhne féin agam uirthi. D'iarr mé ar lucht an ospidéil bocsa a chur chugam ar ghnách liom litreacha agus dréachtaí filíochta a choinneáil ann. D'amharc mé ar na litreacha cumainn a chuir Anna Ní Mhaoil Eoin chugam agus b'in é fuascailt na ceiste. Litreacha tiubha scaoilte. Dhóigh mé an carn litreacha agus dánta amuigh i ngarrdha an ospidéil. Scuabadh ar shiúl sa ghaoth iad agus d'imigh siad ina mbladhairí sna ceithre hairde.

> Gluais, a litir, ná lig scís
> go bhfeice tú arís í féin;
> fiafraigh di an bhfaigheam bás
> nó an mbiam go brách i bpéin.

Cibé dream a raibh Anna leo – agus 'Ruairí' agus 'Aoife Ní Raghailligh' – d'imir siad a gcuid cártaí go cliste. Ba iadsan a chuir piléar i Mac Giolla an Átha agus bhí Mac an Phearsúin ag déanamh gurbh iadsan ba chiontach as an ghadaíocht le láimh láidir a bhí curtha i leith na Laochra. Dar leis nach raibh na Laochra chomh fada amuigh ar an eite chlé agus a chuir Ruairí i gcéill domhsa. "Liam bocht! Is mó a bhí sé glas ná dearg." Ní raibh sa chomhfhreagras Rúiseach ach finscéalaíocht. Bhí Mac an Phearsúin sásta na cúrsaí seo a chur fá chaibidil liom, ach ní labhródh sé fán scoilt i measc na Laochra ná fán fhuil a doirteadh dá dheasca. "Cén mhaith, a Mhánais, a bheadh sa tseanchas sin? B'fhearr duit d'intinn a dhíriú ar rudaí is folláine ná sin."

Ach cé a tháinig ar cuairt chugam lá deas san fhómhar ach Toirealach Ó Cearbhaill? Agus ní iarrfadh seisean de phléisiúr ach ag caint fán fhaltanas. Seisear de lucht leanúna Mhic Giolla an Átha a thit in aon oíche amháin, agus deichniúr den dream a sheas le Liam Ó Ceannfhaolaidh. Bhí cloigeann is fiche eile marbh fán am a thost na gunnaí. An marú ba bhrúidiúla ar fad, tharla sé ar mhaidin an lae a foilsíodh an t-eagrán cinniúnach úd den *Tamhach Táisc*. Chuaigh Liam Ó Ceannfhaolaidh agus a bhean ar aifreann na maidine, mar ba ghnách leo. Samhlaím Liam ina shuí ag an tábla bricfeasta. "Tchífidh feara Fáil nach págánach dearg ar bith é Liam Ó Ceannfhaolaidh!" Bhí an séipéal ag cur thar maol le Gardaí agus le lucht leanúna Liam, agus bhí namhaid nó beirt i measc an tslua, dá mba rún leis na Gardaí theacht orthu. Tháinig an fhaill nuair a d'éirigh Liam agus a bhean fá choinne na hEocairiste.

"Bhí an bheirt acu thíos ar a nglúine os comhair altóir Dé, agus an abhlann ar a dteangaidh acu. D'éirigh fear gunna a bhí ina shuí sa tsraith tosaigh agus scairt amach, 'In éiric Mhic Giolla an Átha.' An rud ba iontach ná gur fhan sé ina staic ar feadh tamaill mhaith, nó sin a deir na finnéithe ar labhair mise leo. Bhí faill ag na Gardaí é a chniogadh lena linn seo, ach maíonn siad féin go raibh lucht an aifrinn sa bhealach orthu. D'éirigh bean Liam ina seasamh agus thoisigh a rá rud inteacht le fear an ghunna, ach níor chorraigh Liam ar chor ar bith. D'fhan sé ar a ghlúine ag amharc díreach roimhe. B'fhéidir gur siocadh le haonchorp eagla é, nó b'fhéidir nár mhiste leis bás a fháil mar sin, go gasta agus go slachtmhar. Fuair sé a mhian ach chan sula bhfaca sé a bhean féin ag titim thar ráille na haltóra. Deir siad gur ag iarraidh theacht idir Liam agus an chéad urchar a bhí sí."

"Cad é an t-ainm a bhí uirthi?"

"Cad é? Ardaigh do ghlór beagán, a Mhánais!"

"Bean Liam. Cad é an t-ainm a bhí uirthi? Níor chuala mé a dhath uirthi ach ainmneacha tarcaisne."

"Máire, ar ndóigh. An bhfuil a fhios agat, a Mhánais, bíonn amanna ann agus shílfeadh duine nach raibh baint mhór ar bith agat leis an scéal seo!"

Agus ní raibh, cé gur bhain sé domh.

"Cibé ar bith, bhí a fhios againn ón méid a d'inis Ó Drisceoil agus de Búrca dúinn go rabhthas i ndiaidh bob a bhualadh orainn. Ní thiocfadh linn do chomhairle féin a lorg mar, maith domh é, bhí tú le craobhacha san am. Shocraigh muid go mbeadh againn le heagrán speisialta a chur amach, ag aidmheáil go raibh muid i ndiaidh bréag a chur ar na Laochra. Tá mise ag inse duit, a Mhánais, is dá mhíle ainneoin a rinne Mac an Phearsúin an cinneadh sin. Bhíthear le hAcht a dhéanamh den Bhille Coigistithe in aon lá amháin. Bhí Laochra na Saoirse fógartha ina eagras mídhlisteanach agus bhí seisear déag marbh ó oíche. Ba bhocht an ní leithscéal bacach a fhoilsiú ar pháipéar nuaíochta ag rá 'Ní Mar a Shíltear Bítear'. Bhí a fhios ag Mac an Phearsúin go raibh deireadh lena sheal mar eagarthóir agus gur dóiche nach dtiocfadh an páipéar slán ach oiread. Ní miste domh a rá leat, a Mhánais, go raibh sé i bhfách leis an locht uilig a chur ortsa. Dúirt sé liom, 'Is cuma leis siúd cad é atá daoine ag rá fá dtaobh de. Dar leis féin gur san Éigipt atá sé.'"

B'in Toirealach Ó Cearbhaill agat. Chomh discréideach le bocsa na faoiside.

"Ach tá mé i bhfad ó bhealach mo scéil. D'ordaigh sé don chuid eile den fhoireann gan cur isteach air ar ábhar ar bith, ach ní raibh muid deich mbomaite i mbun na hoibre go dtáinig a rúnaí isteach a rá go raibh duine ag iarraidh labhairt leis ar an teileafón – an Taoiseach."

Dhearbhaigh Mac an Phearsúin domh go raibh an méid sin fíor. Iarradh air gabháil chuig cruinniú in oifigí an Taoisigh, áit a raibh an Taoiseach, an tAire Dlí agus Cirt agus an tAire Gnóthaí Eachtracha ag fanacht leis. Deir Toirealach go raibh Ambasadóir Stáit Aontaithe Mheiriceá ann fosta, ach séanann Mac an Phearsúin an méid sin. "Cad é mar a bheadh lámh ag na

Meiriceánaigh sna gnoithe?" a dúirt sé fríd gháire leamh. Ba é an réiteach a bhí ann gur comhairlíodh dó – chan é, gur ordaíodh dó – gan dadaidh a ligean air fán mhífhaisnéis a foilsíodh ar *An Tamhach Táisc*. Bhí sé le leanstan ar aghaidh ionann is gur soiscéal na fírinne a bhí i gcuntas Ruairí Uí Chanainn. Foilsíodh an chín lae bhréagach agus leagan den chomhfhreagras Rúiseach an lár dár gcionn, cibé áit a bhfuarthas cóip de sin. Cuireadh ainm Uí Dhrisceoil leis na hailt le go bhfanódh sé ina thost. Ba chuma, nó bhí na Laochra cloíte fán sin cibé. Ba scáfar cé chomh furast is a bhí sé páirtí polaitíochta a dhícheannadh. Rinneadh go minic ó shin é ar pháirtithe, agus ar rialtais fiú amháin, nár thaitin le himpireacht Mheiriceá nó le himpireacht na Rúise. Bíthear ag caint faoi ghníomhairí rúnda agus faoi *agents provocateurs* ach is annamh a bíos fianaise ar bith le fáil. Is minic a smaointím gur in Éirinn a d'fhoghlaim na gníomhairí seo a gceird.

"Ceist amháin agam ort," a dúirt mé le Mac an Phearsúin, a bhí ag déanamh réidh le himeacht. B'in an lá deiridh a tháinig sé ar cuairt chugam. "Nach raibh imní ar na polaiteoirí fá dtaobh díomsa – go mbeadh a mhalairt de scéal le hinse agamsa. Agus Ó Cearbhaill fosta, tá a fhios aige a lán rudaí atá ag teacht salach ar an leagan oifigiúil."

Tháinig aoibh ar ghnúis Mhic an Phearsúin a raibh idir ghreann agus trua inti, aoibh mar a bíos ar athair ag míniú rud inteacht dona mhac nach dóiche a thuigfeadh sé. D'amharc sé thart timpeall an tseomra – an fhuinneog a raibh glas uirthi, an Chroch Chéasta os cionn na leapa gur luigh a shúil ormsa, a bhí istigh fá na braillíní agus éadaí oíche an ospidéil orm.

"A Mhánais, a sheanchomrádaí. An bhfuil tú ag déanamh go gcreidfeadh duine ar bith sibh?"

Chuir sé air a hata agus d'imigh.

Mise Mánas Mac Giolla Bhríde. Dá gcuirtí ceist orm tá fiche bliain ó shin cé mé féin, déarfainn gur mé Mánas Mac Giolla Bhríde as Bun an Easa chois cladaigh agus nach dtabharfainn cúl mo dhá chois le haon fhear beo. Dá gcuirtí ceist inniu orm, cé mé féin déarfainn gur mé Mánas Mac Giolla Bhríde ar an tseachrán ar bhóithre achrannacha an tsaoil. Déarfainn fosta gur ór bréagach atá sna nithe is gile linn ar an tsaol seo – clú agus cáil, na healaíona, an grá féin. Feiceann fuath a lán, a deir siad, ach ní cuidiú ar bith an grá ná an fuath don té atá ag iarraidh feiceáil taobh thiar den aghaidh fidil, de cheileatram an tsaoil. Shíl mise uair amháin go bhfuair mé spléachadh air. B'fhéidir go bhfuair ach ní fhéadfainn aon tuairisc a thabhairt air ach seo: gur dubh, agus gur fuar-reoiteach é an t-uisce faoi thalamh.